SHANGHAI METRICIAN
上海诗人

主　编　赵丽宏　执行主编　季振邦

速写生命之图

上海文艺出版社

SHANGHAI METRICIAN
上海诗人

主　编　赵丽宏

执行主编　季振邦

策　划　杨斌华　田永昌　朱金晨

常务副主编　孙　思

副 主 编　杨绣丽　徐如麒

编　辑　巫春玉　赵贵美　宗　月
　　　　　钱　涛　王亚岗　张沁茹
　　　　　征　帆　张健桐　罗　琳

上海诗人
2024 年　6 月　叁

主办单位　上海市作家协会
　　　　　上海文艺出版社

编　辑　《上海诗人》编辑部
地　址　上海巨鹿路 675 号
邮政编码　200040
电　话　021—54562509
　　　　　021—62477175 转
电子信箱　shsrb@hotmail.com
　　　　　shsrbjb@163.com

头条诗人

004　让每个缝隙得到指令（组诗）　　　　亚　男

名家专稿

010　朦胧街头（外五首）　　　　　　　　草　树
013　长江一直空流（组诗）　　　　　　　慕　白

译者后记

016　梦的疑问和回答
　　　日译本《疼痛》译者后记（日本）竹内新/祝子平　译

华夏诗会

020　走失的岁月（外五首）　　　　（山东）吴丽娜
022　朝阳集（组诗）　　　　　　　（湖南）梦天岚
024　趁虚而来（组诗）　　　　　　（江苏）卞云飞
026　那座空山给我吧（外四首）　　（福建）连占斗
028　母　亲（外三首）　　　　　　（广东）陈漫漫
029　起风了（组诗）　　　　　　　（江苏）乐　琦
031　大岭春语（组诗）　　　　　　（河北）刘福麟
032　风月语（组诗）　　　　　　　（贵州）蒋郁相
034　敝　扉（外三首）　　　　　　（山西）廉钢生
036　硬盘里的乾坤（组诗）　　　　（浙江）沈秋伟
038　向　晚（外四首）　　　　　　（安徽）高常亮
039　你是我的热爱（组诗）　　　　（辽宁）倩儿宝贝

散文诗档案

042 窗台有信（组章） 　　　　　　　杨声广
045 我们在雾中前进（组章） 　　　　四　四
048 雪　域（选章） 　　　　　　　　王兴伟
052 永夜乡（组章） 　　　　　　　　季　末
054 速写生命的图案（组章） 　　　　徐福开

特别推荐

057 长出雨水的脚趾（组诗） 　　　　张广超
060 坐在人间的缝隙处（组诗） 　　　冷眉语

上海诗人自选诗

063 冷冽是一种拒绝（组诗） 　　　　西　厍
066 远　山（外五首） 　　　　　　　李　本
068 凡有柳树的地方（外四首） 　　　刘希涛
071 磨一朵莲花（组诗） 　　　　　　牧　野
073 故乡帖（外五首） 　　　　　　　严志明
076 读书笔记（组诗） 　　　　　　　许丽莉
080 乡　愁（组诗） 　　　　　　　　苦　艾

海上论坛

082 诗境与画境："寄寓深遥"的审美创造
　　——读戴卫的画与周庆荣的散文诗文本　黄恩鹏

诗坛过眼

091 假如诗歌是块七巧板
　　——读胡续冬《一个拣鲨鱼牙齿的男人》　王　云

浦江诗风

098 山城重庆（组诗） 　　　　　　　赵贵美
099 七灶村（组诗） 　　　　　　　　刘艳丽
101 小　路（外二首） 　　　　　　　关　胜
102 日　子（外二首） 　　　　　　　张　耀
103 她从明天走来（外二首） 　　　　凌耀芳
105 思　念（外三首） 　　　　　　　草果儿
105 人间四月天（外一首） 　　　　　唐丽红
107 海的晨曦（外二首） 　　　　　　祁冻一
108 轮椅上的歌 　　　　　　　　　　顾　健

诗海钩沉

109 珍稀的《水磨集》 　　　　　　　韦　泱

诗人手迹

封二 　　　　　　　　　　　　　　　石　厉

读图时代

封三 　　　　　　　　　　　张捷珍 摄/诗

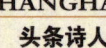

推荐语

　　写诗要像流水一样，遇到阻挡就绕过去，绕不过去，要积蓄水量，漫溢过去。诗人亚男就是如此。他的诗具有多声性、戏剧性、不对称等美学风格，其多元性和相关性，常常会为诗创造出一种悬置，在不同意象之间形成饱满的张力关系，从而增强了诗歌的密度和弹性。他的组诗《让每个缝隙得到指令》，以抽离的方式进行描写，衍生的意象是二生三、三生万物的过程。语义情态上的多歧，内中想象的拓展，场景化的空间营造，其拟真性，能够迅速引起我们的交感共鸣。

　　第一首《卡夫卡走在月光里》，诗人通过想象让卡夫卡在空间里活动，并在时间维度上，不断地呈现出一种时空的穿越，让陌生与更陌生的相结合。最后结尾"……月光一次次清洗，饱满的火焰／只有卡夫卡来回独步／门环生出的细节，烧掉了他的胆怯"让一个从想象中疏离又似乎被我们熟悉的卡夫卡，盈满而溢出。第二首《修渠》，"……我退下石头的块状／让每个缝隙得到指令，平行推进／向山的另一面，避开陡峭／和粉身碎骨。简单的工具／用有些笨拙的蛮力把春风种在山上……"这里的想象和描写不是对传统的因袭和皈依，而是更新和丰富，在贴近生活的基础上做到了奇崛有力。既绵亘着存在的隐秘性，又能贴近自然和生命本身。第三首《扑腾》开头"草尖刻苦钻研／根须发生转变在风向／下雨坠落的天气很打滑／与石头接下渊源／跌倒后，一阵扑腾"当观赏和想象停止，诗人与自然物体的交流和倾听才真正开始，这个时候物体对诗人有了显灵和倾谈。"闪电，夹杂雷鸣／防不胜防，直抵战栗／纽扣上那粒饱满快要呼之欲出／我能否接住，也许仅一个回眸……"这是第四首《暴雨》里的诗句。在这里，闪电和雷鸣与纽扣互涉的跌宕，重组和微变，起到了延伸性。而其视觉比画面先进入阅读。接下来，依山傍水的人走着走着就成了一滴水，与天的蓝，背道而驰的《浑浊》；跳动的太阳正值青春勃发，他要穿透的圆润，只能停留在想象的《过天桥》；尚未结出的果实，从绿皮，转向深灰，提速之后，在身体里穿梭的《火车》；对于旷野攒积下苍茫，一声鸣叫就可以化解，再向草木盘绕的《野鹤》；在悬崖的命运处，拐弯的发芽，苦熬一壶月，霉变的风吹了又吹的《发芽》；火山出口，岩石下，新和旧的交融露出来，寻觅到身体的秘密和冰块的《深黑色》。这六首诗，因诗人的想象，让一切物事均有了可感性。

　　现代主义审美流行的当下，读者对文字背后的世界认识，不再是依赖观看和阅读，更多是靠想象和顿悟。因为读者想看他说的，更想看他没说的。上苍给了亚男与普通诗人不一样的眼睛，世界因此被他看见，同时也看见自己。不像有的诗人看得见世界，却看不见自己！

——孙　思

亚男简介

亚男，本名王彦奎，四川达县人。出版过多部作品集，作品连续多年入选《中国年度最佳散文诗》《中国年度散文诗精选》等年度选本。曾获第7届中国散文诗天马奖、第10届中国散文诗大奖等。现居成都。

让每个缝隙得到指令（组诗）

亚 男

卡夫卡走在月光里

时间不早了，卡夫卡
在一页书中不愿离去
抱着月光滚落到我的潜意识里
冰冷的风从他的头发和衣袖
吹进山野的荒诞

河水构思的情节
有枚爱情的纽扣解不开冬天的雾

七绕八拐，屋前那一溜刘海
 翘在深夜，栅栏的拉链也变得辽阔
露水婉转，意识在回廊
相遇的脚步有几分妖娆

泪珠端坐的迷宫，隔着我
有一段情事来不及了结
撒下鸟鸣，所有的树
退下了古典。一声声鸣叫
缝合在月光最深处

外出的男人
留下一屋空荡荡的芬芳日渐消瘦
月光一次次清洗，饱满的火焰
只有卡夫卡来回独步
门环生出的细节，烧掉了他的胆怯

修 渠

石头走山坡上
难以承担流水的信任
只有一种引导,石头才有灵性
盘在山腰,不妨碍劳作

我退下石头的块状
让每个缝隙得到指令,平行推进
向山的另一面,避开陡峭
和粉身碎骨。简单的工具
用有些笨拙的蛮力把春风种在山上

当流水结冰,我就可以
坐在石头里等待袅袅炊烟
上升到天的蔚蓝
修成一条银河

扑 腾

草尖刻苦钻研
根须发生转变在风向
下雨坠落的天气很打滑
与石头接下渊源
跌倒后,一阵扑腾

山野空寂
流水上的羽毛沾满了灰暗
呼吸得到的回应是纠缠

蹩脚的鸣叫刚刚发芽
天压低了气流

身体隆起
穿行在山脉中,光和影不断叠加
山谷回荡着无尽的远
我不可触及的
那丝绸的气候越来越绵延

洒落到夜的指尖,很柔的一段
高楼耸立,只有一扇窗
避开了影子的设想
一群小鸟学会在人间生活

暴 雨

居高临下,没有一片瓦
能承担雨水,垂直的
甚至愤怒地,敲打着
神经和意识,躲不过乌云翻滚

闪电,夹杂雷鸣
防不胜防,直抵战栗
纽扣上那粒饱满快要呼之欲出
我能否接住,也许仅一个回眸

千山万壑,坠落
雨花纷纷扬扬,峭壁和悬崖
粒粒如豆,挂不住一滴

磅礴，在闪电里
这人间的湖，浩浩荡荡
不留一点遗憾

一个造梦者，避开了雨
湖水在发芽的黎明裂变
我只有一枚闪电，横跨山脉
河流失控，暴雨决堤
我在下游擎住梦的稻草

浑 浊

不是天气不好，河水
已经有很久没有清淤，难受
身段堆积起来的赘肉，割裂
岸与河水。难以抑制月光的破碎

掺杂了太多的私心杂念

风一阵阵刮过，直抵骨头
当疼痛冒出来，河水的尺度
丧失了婉约效果，不分白昼黑夜地
往心里灌。不仅草木东倒西歪

我已经看不见高楼的窗口衣袂飘飘
身体和灵魂的下沉，无法换回表面的张力
鱼虾搅动的局面看不穿
山野与天的交接
路与河流的迂回

依山傍水的人走着走着就成了一滴水
与天的蓝，背道而驰

过天桥

耳朵收听到水泥和钢筋
搅拌过的脚步声,多么熟悉的步伐
在构图和标号的指引下,我
有了最新的判断

蛇皮袋要经过的那个下午
汗水涌动,接受光照
皮肤的张望发出古铜色的回响
每一寸都有坚定的方向

与之擦肩的香粉,不仅窈窕
他不敢对视,从物质里提炼出来的淡妆浓抹
跳动的太阳正值青春勃发
他要穿透的圆润,只能停留在想象

车在桥下潮水一样
他漂浮在桥上,被人流的推波助澜
有关语言的张力
夯实了眼眸的轨迹。也只有护栏
可以越过封锁。每一步叩击不到地
更是触摸不到天

火 车

尚未结出的果实,从绿皮
转向深灰,提速之后,在身体里穿梭
雨越下越大,大过海洋

有时在林立的高楼间升起地平线
桥梁和隧道闪现出村庄
呼啸一声就不见了。运载的时间
从血管里喷涌出火苗

电气化的山水纠正了风向
进入程序的,有山的雄伟和水的灵动
干旱的土地都是敞开的
承载的思想和灵魂茁壮成长

褪去悲伤的铁轨在不断延伸
我的家在山的背面
钻探的十字架了好几年
火车进洞的时候,我父亲已不在了

塌方那年,我十二岁
挖掘机在慌乱场面挖出的哭声
洪水般淹没了火车的哐当
我站在山梁上看着火车绝尘而去

野 鹤

气候是孤立的
风向在不断优化,你需要调整翅膀
田野枯瘦的身影喂养辽阔
云朵落到羽毛上,还有一滴露珠为实现浸润
环形的草精气旺盛

拍案而起的江水,掀起巨浪
你停泊在十字路口,向所有人讨教
野外生存技能吞噬了独立性

丛林发出的邀请,赦免了
箭的确定性和语感的知性
对于旷野攒积下苍茫,一声鸣叫就可以化解
再向草木盘绕

每一棵树都在直立的声势中
树梢铺设,用风点缀
浩渺的松涛,淹没了不可躲避的危险
设下雪,纷纷扬扬一大片
山野堆积起鹤语,起起伏伏

发 芽

黎明的芽苞,挺立在
辽阔的旷野,无边孤寂
吐出一瓣一瓣的芽,春风抚慰
细腻的风很远,远到我触及不到
骏马的奔腾越过山崖

海浪掀起烈火
就要破晓的那一刻吗?山野,河谷
枝枝嫩芽布设了灵动
唇线滑过,一叶苍茫
夜露整装出发

在悬崖的命运处,拐弯的发芽
苦熬一壶月,霉变的风吹了又吹
枝丫上一滴清泪穿过千年
在古老的河岸坐化
消失于河流的婉转
我再也打捞不起芽尖上的芬芳

深黑色

火山出口,岩石下
新和旧的交融露出来
寻觅到身体的秘密和冰块

整个上午的焦虑化不开一朵云
矿石的燃烧锻打爱情
套上黑色,街面的推进持续高涨
橱窗里的肌肉和眼神力度宽泛
下坠的效果在裙摆上回旋

总有一种远词不达意
向火山进发,路途下了霜白
制造的雷声滚过险滩
隧道之外,一声声巨响
枕着五月的厚度,一睡千年

朦胧街头（外五首）

草 树

透过雨水淋漓的窗玻璃
窗外街景比平常可能
更接近真实：街灯如雾中花
人影模糊如你置身步行街
没有偶遇的惊喜
没有人从后面喊你

一种抽象的陌生，像水墨
你历经沧桑归来就明白
它还意味着某种安全
不会有人从背后捅刀子或者
侧面威胁。就是不小心碰撞某个人
Sorry。说完你就可以安心离去

订婚宴

爱情的纽带连起两个家
爱扩大它的领地
圆盘餐桌顺时针缓缓转动
一只手伸筷子。谁另一只手就按住它

三代人围着一对新人
沧桑老树枝头为之一新
仿佛出现一个崭新的路标
前方一片树林挂满红苹果

爱神无需膜拜。爱的信仰
有幸福的笑容即可归依
订婚书的卷轴打开新世界
签名,即和人类古老的传统立约

这是"昔我往矣"两千多年后的小雪
明媚的一天,杨柳在湖边依依

住院记

隔壁床上躺着一个中年人
开颅手术后
丧失身体的指挥权

他颓败的当下如冬天的荷塘
但是在一只蜜蜂的复眼里
他的当下和过去重叠如重影

枯萎－丰茂,蜷缩－舒展,渺小－盛大
仍是一支擎雨盖。且淤泥深处
连着老藕有如忠贞

这只蜜蜂穿行枯枝败叶间现在又名妻子
拿着一个尿壶像哄孩子那样
又是吹口哨又是喊——
他突然一阵痉挛
嘴里吐出吼声

震动了病床。吊瓶微微摇晃、倾斜
滴管里那正在伸长的一滴晶莹
在动荡中依然
垂直,滴了下去

街 景

它的核心是美女。我这么说
不一定符合你的理解
当两个少女挽着手从扶梯下来
红唇。细腰。大理石雕塑的长腿

巴黎拱廊街那个闲逛者
他要是还在,一定会同意我
我滑出手机的相机按钮
抬起头。她们已经转身,露出美背

橱窗。时装。落地玻璃含着桂冠之弧
她们与之构成动静的完美组合
此时换你也会忘记时间

她们是我枯涩双眼的眼药水

我于她们并不存在但像一根枯枝
插入闪亮的流水，没有关联只是局部稍稍
标高了清澈；或像在一个充电站
接受一次无线快充

广场舞

看上去无限敞开
你仍看到一扇暮年之门
为此你绕道而行？而我每次
站在那里张望，当我的目光
被一个微微后仰身子、长裙扬起的女人
吸引，想象着她年轻时候的妖娆
我回转身，你已走远

你说出来的理由都不足以支持
"厌恶"或"不喜欢"
比如音乐太老套——父辈时代的流行曲目
比如音量太大，对上面的烈士塔
　多少有些不恭
比如那种气候易生霉斑

夕阳照耀暮年之门：那里不只有群鸟
喧噪，也有苔藓和蛙皮的清凉

饭局遐想

一餐饭不欢而散就像游泳遭遇水草
平时一派悠然，深交才知它们
缠住脚像鬼一样将你往下拖
越挣扎越往下沉

水中惊魂上了岸
赤裸的身体像雕塑挂满水珠
久久不能平静：水面波光闪烁
——那可是青年时代就有过的历险

水草幽幽。父亲当初拿杉枝抽我
让我长记性，不要偷着游泳
杉枝的教诲。频发的事故
并不能真正警醒我

不能出世就在小溪趟水
像一个人逛行人稀少的古镇
或驾一叶轻舟，而不是满载的货船
冒着浓烟，吃水太深，噗噗噗缓行江上

长江一直空流
（组诗）

慕 白

夷望溪

我到过许多条江边
想竹篮打水，想努力在水中捞月
但我始终找不到自己

在夷望溪
水里的倒影已是一个男子的中年
我缘木求鱼，想把昨天沉入水底

脸上却留下了
风也能吹动的皱纹和白发

滕王阁

我一直以为文物就是古迹
其实每一个时代
每一个人都在修建
人间的浮屠

自古知音难遇

他乡之客
走再多的路
修再多的桥
也难以长风万里

很多遗迹已成废墟
登楼远眺
长江一直空流

终南捷径

这丛蓬勃的兰花
众妙之门
闪烁，幽深的芬芳
兰之蕊，等待一个人横空出世

兰开花才算花，不开是草
进来吧，把它打开，给我一个春天
这属于你的秘密通道

你不带我回家，就随我落草为寇

望　岳

北雁南来
流水、风、热的加持
一块花岗岩
雕成七十二座山峰

晨雾、落霞、云海、苍松
石头不会动

山不会动，是人在动
前有佛，后有道

环山有寺、庙、庵、观
看山不见山
峰峦、黄昏、明月
古与今，世间万物恒古
只有我未能免俗
心时时在动

贵德黄河

朋友说
你来得不是时候
前两天刚下过大雨
今天黄河水不清

活过五十年了
我应该清楚
黄河清了那就不是黄河了

古 井

每个游子心中都有一口井
从迈出家门的左脚开始
就日夜流淌着
汩汩，汩汩，汩汩
一刻也没有停歇
即使饮尽天下月影

夜深人静
都市厨房自来水的滴漏声
仍像似包山底乡音
在滴答，滴答，滴答
固执地坚持着
极少人能听懂的
方言

穷 人

他姓刘，住水库边上
家是砖砌的墙
没有门也没有窗

无序的木板和旧棉絮
是他的床

一只猫突然
从他捡来的破烂中
窜出来

他说在读高三
当我送上慰问金，请他签字
他的手从单薄的身上
传出来，透心的凉

让我穿的羽绒服
打了一个寒战

梦的疑问和回答

——日译本《疼痛》译者后记

(日本) 竹内新 祝子平 译

一

赵丽宏1952年生于上海，1968年中学毕业便回到故乡崇明岛插队落户。中国恢复高考，他于1978年考入华东师范大学中文系。算来从中学毕业离开校园到进入大学校门，已经时隔十年时光，年龄也已接近三十了。

我是1947年出生，赵丽宏上大学期间，我在吉林大学外文系，作为"外籍专家"教日语，一般认为相当于大学讲师，当时我三十出头。吉林大学外语系有日语、英语、俄语等专业，学生状况参差不齐，有年龄十几岁的应届高中毕业生，也有年近三十的老高中生；地区有长春当地的学生，也有北京、青岛、成都、沈阳以及延边朝鲜族自治州的外地学生。学生们都来自各地，抱着各种不同的希望，有着各种不同的经历，走到一起。但我对他们那些不同的希望及经历都毫不知情，只是有着在一起喜欢唱《北国之春》的记忆。而这些学生从高中毕业走入大学期间的一年、数年，甚至十年间他们各自经历过什么，我也没有仔细去打听，只是对他们每天清晨在宿舍楼前树林中读书背诵的情景印象深刻。

知道赵丽宏是1978年入学的大学生，便会回忆当年自己在吉林大学教书时接触到的那些学生，特别是那些日语系学生们的形象更会在我的脑海里苏醒。赵丽宏有着怎样的人生经历？又是抱着怎样的希望入学的呢？1968年到1978年十年的经历，在他大学期间一定会记忆犹新的吧！就像我对那段吉林大学执教时的经历一样，他也一定会对他的那段经历有着难忘的回忆。那是个丰富曲折，激情燃烧的年代，我与他是同时代人，我们之间可能会有聊不完的话题吧？他搭上了那时代变革的列车，成了盼望改变命运的青年人中幸运的一员。

那段生活，对赵丽宏来说会有刻骨铭心的记忆，他也一定写过很多反映那个时代的作品。但在我读到的作品中，即使是在《疼痛》中也没有直接的表现，没有切身经历的描写，连讲到他父亲的故事，也显得十分地理智而平静。

二

我对于诸如《三国演义》之类的通俗读物，并不讨厌，也不否定。但对那些所谓接地气的迎合所有人口味的东西，则总感到有些不是滋味。不过，不管怎样精神层面的，艺术的东西，对于人的衣食住行，喜怒哀乐，人的希望、后悔、苦恼、忍耐、欢喜、陶醉……等等，这样的日常生活中的情绪的描述，则是一部作品的重要之处。

我们首先应将日常生活的东西作为通俗的存在，从中提炼，形成所谓"虚拟化"的文艺作品，当然有时也可跳出去，不过那只可限于一时一地的特别场合。如果存在着"圣人"或者"神圣的境界"，那也应该是建筑在通俗的具体情景之上的。我们要接触那些神圣的东西，会依赖不少的奇迹和偶然，还须得助于自身的修炼与修行，再进一步想要通过作品探索些什么，得到些什么。然而，所有这些都是隐藏在生活日常的"通俗"之中的，只有从此中才会产生精神自由和艺术独立。当然，无时无刻都刻意地去迎合大众的口味会很吃力，卷入感性的情绪之中，不管怎样形式的作品，都会成为迷途羔羊。

但是通俗与平常之间并不存在太大的距离，但也没有什么垫补两者之间距离的好办法。赵丽宏在这些方面都有着他独特的方法，而且非常自然。平凡的自身，平常的生活，再深入地静心思考，从中挖掘出人性存在的奥秘，展示世道的真谛。平时些许细微的感悟，从中提炼出真知灼见，找出贯通其中的东西，来表现人的"生"的意义。为了不迷失自我，也许要不断的回顾，反省过去。在回顾的瞬间所产生的感悟，凝成诗句，铸成永不变色的瞬间。表现力的精炼，富有特色的比喻，就是由此而产生的！

人是必须直面大大小小的日常的，赵丽宏创造了这些日常。或者说，他发现了这些"日常"中存在的某种细节，以及由此发生的各种现象。赵丽宏能精准地把握住这一切，将其中一般人所看不到的东西，或者说看不到但又确确实实存在的东西找出来，用清晰的线条勾勒出来，呈现在读者面前。即使在"子不语怪力乱神"（引自孔子《论语》）中也能感悟生的精妙和不可思议。从生的日常中，找到爱生命，爱生活的真谛，在《活着》这首诗中，他写道"梦醒后／洗洗脸／将幻

译者后记

境让位于现实";在《痛苦是基石》中他写道"是的,痛苦是基石/有它,才能建筑欢乐的楼阁"。

他在努力探索,以自己的生命体验和现实的生活,探索人生的真谛。生存,生活,人生的真实态度和姿态,这才是自我表现的最高境界。所以生命等于生活,生活中饱含的东西,贯彻人生的东西,譬如《时间之箭》、《逆旅在岁月之河》、《晨昏的交汇》、《X光线》、《暗物质》等等,赵丽宏在这些诗作中展示的意象和情境,难道不应该重视吗!自身内在的东西,譬如梦境、回忆、疼痛、生和死,这一切,难道不应该重视吗!支撑着自己身体的东西,譬如脊梁、腿脚、还有与自身共存的东西,譬如影子、文字、头发、指纹、指甲、遗物、椅子,等等,所有这些东西难道都不应该好好重视吗!

站在家门口,诗就从此产生。指甲无数次地重复修剪,凝视手掌,凝视指纹,仔仔细细地凝视,找到自己的伤痛,再访问年轻的时光,去看窗外,看拿着手机打电话的人,从这些事情中感悟,集聚思绪,如X光线,如暗物质,抑或如一束光,从这些东西里穿过去,从这些组成日常的琐事中找到一个生活者的真谛。重视这些细节,以痛苦为基础,不感情用事,准确把握时代脉搏,绝不迷失自我,这就是赵丽宏作品的魅力所在。

前面说过,我不讨厌通俗,也并不否定通俗,为此我甘愿忍受痛苦和悲伤。这是发现自我内心的不可或缺的条件。赵丽宏所说的"通俗"也许正是这样的通俗。会将读者带入他的世界,读他的作品,与他沐浴相同的月光,悟到贯穿日常生活的东西,使人察觉明明生活中存在的,但却不能感知的自我,这就是真实的你。是在"通俗"的基础上搭建起的楼阁,不是忘却现实,追求快乐,而是在现实的基础上,在痛苦的基石上,搭建欢乐的楼阁。

三

所谓"生"。"生"是身体,也可谓灵魂与肉体。头脑、思绪、情感,这些眼睛看不到的东西,或者说是被看不到的这一切所包裹起来的东西,这些东西的运动,一瞬间便产生了"生",产生了永久的"生"。今天的事情,一亿年前的事情,都是一脉相承的。

"生"还是留下,譬如留下指纹,留下脚印,蝉蝶飞过,所谓雁过留声。

"生"还是扬弃,指甲要修剪,头发要剃理,颜色会褪色,脱落,胡须要修刮。

"生",还是共存。自己的影子、最忠实的朋友、无时无刻不伴随自己的伙伴,即使死亡,它也会追随自己入棺,也会随自己涅槃。我也许不会在另一个世界里存活,但如果能活在另一个世界里,我的影子也会与我形影相吊。文章千古"是最熟悉的朋友

/ 也是最疏离的陌生人"。脊梁让人挺立,"挺直,挺直,挺直 / 我的还没有折断的脊梁啊!"

生,还是眺望风景,站立在门口看出每个人无法隐藏的秘密,包括他们浑身伤痕的身躯。

生,还是感觉疼痛。"生者如此脆弱 / 可悲的是生命的麻木"。"欢乐是外壳 / 痛苦才是本质"。

生,还是感情的宣泄,是流泪:"悲伤和欢悦 / 汇集成一色的晶莹 / 淹没我的瞳仁 / 让视野一片模糊。"

所谓"梦"与"死"。会不时追思逝去的亲友,梦见他们,这些梦还会成为珍贵的记忆。死是时刻发生在自己周围的事情,死亡的影子飘游在人的精神世界内外。"想到死亡 / 眼前一片静谧"而且"想到死亡 / 竟然有一种期盼 / 那些生离死别 / 从此都成为过去 / 那些远去的亲人和朋友 / 会回过头来等我 / 冥冥之中有无数丝线 / 虽然看不见 / 却系连着思念中所有一切"。当死亡来造访时,所有的一切都会离我而去,死去的我也许还会梦见活着的亲友。

所谓光,黑暗以及沉默。读《逆旅在岁月之河》和《我的影子》等作品时,我总会感到邂逅了那些山水画中的人物,读到《一道光》时,更会感觉是观赏了一幅无声而惊心的画。劈开黑暗的一道光,"亮在 墨色的虚无中",沉默中的一束光柱,发着无声的呐喊。诗中的梦便由这样的光、黑暗以及沉默而形成。而这梦,是我心里的疑问,同时也是一个明确的回答。

2024 年 2 月 29 日

《上海诗人》理事名单

常务理事　　　　　　　　　　　　陈金达

走失的岁月

（外五首）

（山东）吴丽娜

当一场雪,又以细小韵脚轻踩着我的瓦楞
并没有太多感慨需要抒情
炭火微冷
透过迷蒙的天空,想到前路和余生
一时仿佛走到了尽头

枯草,落叶
用无声的寂静,把忠诚献给泥土
而我们,曾经拼命逃离的故土
都成了在外漂泊的精神图腾

雪越落越厚
刷白了儿时奔跑过的山头,飘着炊烟的房顶

恍惚中,又见母亲在村口眺望
那执着的身影,是一场永不止息的大雪
一点一点,从心头落到眼角

回 首

灌木丛褪去臃肿
远处的湖水,和天空是一个色度
芦苇开出灰白色的孤独

冬季，无非是寂冷
无非是冻结一切不甘心的躁动
而此时
在林子里筑巢的麻雀
兀自飞成音符

沿着记忆乐谱，画面泛起生动
石磨，木门，老屋
梧桐树下，雀跃的孩童

——炊烟蹲上房顶
当年那个孩子，在黄昏中
独自吹着冷风

被一片雪花覆盖的远方

我不敢念及远方
怕一些变故教人低迷
流星陨落在雨中，花朵凋零在暮色里
紧随北风的就是一场雪
刚刚竖起的路标
恐被风暴卷起

没有人知道
我曾在夜晚，一遍遍擦拭它的纹理
企图找出前世记忆
而那些泪珠，喜悦，徘徊的足迹
都变成了浅褐色
像一块与生俱来的胎记

午后静谧

暖阳下，允许自己有短暂梦呓
无论雪来不来，都假装把人间淘洗

轻　柔

四月，坐在海棠树下

看满树花叶
生出鸟鸣，阳光，生出一整个春天
浩荡荡的风

这都不重要
那么多的婆婆丁
像童年的星河，于我不再年轻的脚踝下
蔓延，生出新的生命

我的亲人，炊烟，田野
那些麦芒，曾给我刺肤的痛
一只蚱蜢爬上田埂
天蓝得纯净

一朵云落下来，几滴雨落下来
我就坐在这里
像一颗蘑菇，从贴着泥土的树根处
开启喜悦的一生

惊　蛰

每个节点都让人欣喜
复苏，新生，就连久医不好的心疾

朝阳集（组诗）

（湖南）梦天岚

也有了自我催眠的术语

朋友说，你应该出门走走
看看田野，看看河流，看看一棵草是怎样顶
　开冻土
与去年的那只蝶重逢

可她不知道的是
我体内的雪花和惊雷，已经用另一种方式
敞开了火焰般的心胸

此刻。杜鹃花开着
静谧又从容。无论窗外，有没有风

幻　觉

远近都是虚空
我隔着一场雪的距离，看你

风声已轻，镜片已模糊
那些临水照过的花儿，也都随着雁鸣消失在
长空

偶尔有云浮动
投下一小片阴影，片刻就有多嘴的麻雀
飞来，打破空灵

暮色凉薄，灯火撑起的幻境里
你我，都是彼此的参照物

颤　动

没有风的清晨，
露水凝在叶尖上不急于掉落，
只是轻轻地颤动。

待朝阳跃出海面，
它让所有的颤动跟它一样，
讷于言说，羞如绯红。

对于万物，大地从未缺少耐心，
哪怕它只是一滴，
哪怕这一滴飞向天空，
或者只是悬在低处。

雪后初霁

冰雪之踵刚刚踩踏过，
树枝发出咔嚓的断裂声。

清扫道路的环卫工刚走，
洒水车的音乐又开始响起。

朝阳应该有一座属于它的庭院，
干净，敞亮，如发光的真理。

重新堆满杂物和人声。

朝　阳

早上你一路尾随，
直到我进入楼层，
你站在楼道口不动，目送我。

中午你没有等我，
我也没有想你，哪怕一秒。

下午在集市的鱼摊，好意外，
我在一条青鱼的眼瞳里又见到你，
那样微弱的红，正在一点点抽离。

青鱼躺在案板上已不再动弹，
我仿佛看到它一大早被捕捞上来的样子，
船身摇晃得很厉害，你也跟着它，
在渔网出水时奋力蹦跳，
然后一起跌落船舱……

我买下它时，没有犹豫，
连同你彻底消失的那个瞬间，
一共三斤八两。

狼尾草

清晨，它们抖落身上的水珠，
被朝阳看见。

它们的前世曾在旷野里奔走，嚎叫，
只有风能够听见，
也只有风才会传扬。

现在，旷野如此空荡，
只有风的呜咽。

还有那吹不走的晨光，
一粒粒粘在草尖上，摇摇晃晃。

酢浆草在歌唱

谁能够听见——
酢浆草在歌唱。

当朝阳示它们以血红，
它们还朝阳以黄色、粉色和白色。

那些让人心酸的往事，
在歌里，只唱给风听。

它们如此热爱土地的贫瘠，
如同蜂群如此贪恋——
它们分泌的蜜。

鸽 群

鸽群在院落的上空飞翔。
对于新的一天，它们如此熟悉。

它们有时在檐顶上停留，
咕咕地叫上一阵，又接着飞，
如同起伏的波浪。

没有一只鸽子掉下来，
在飞翔的时候，它们目光坚定，
保持一样的缄默。

好在晨光如此完整，
没有被钟声敲碎。

日 出

那天早上很冷，
拍下这张照片时，
你在山顶已守候两个小时。

当那轮红日乍现，
你失声惊呼，
仿佛从未见过那样的光——
群山高耸，和云层的宫殿连为一体，
透着绯红色的战栗。

后来你不断将拍下的照片放大，
那光，也跟着被放大，
却不再战栗，也不再扩散。

趁虚而来（组诗）

（江苏）卞云飞

五 叔

他已古稀，却已离开出生的地方七十年
他排行老五。在揭不开锅的年代
刚刚离开襁褓就去了遥远的地方
这一失联，就是七十年

而今我已鬓发斑白
才知这世上
还有一个失散了七十年的叔叔

我只记得祖母在时
村庄铺着厚厚的雪
天上的月亮又大又圆，
我们的叔叔，他就要带着一生的故事
回家了

梦

正值隆冬，夜经不起一场梦
醒来始终忆不起那人是谁
想着想着，她就在对岸模糊了影子
我倒是检点了一下自己

有没有日有所思
莫不是有人在春天那边
趁虚而来

流浪者

你不知他经历过什么
你也不知他的内心有多绝望
生活在幻觉与现实的夹缝中
他像一朵云
飘离了固有的家园

每当幻觉占据上风,他就流浪
在人与社会的边界流浪
他不写诗,但他被动地去了
诗人们的理想之所

那里安全,也是收留善良的最后境地
请别轻易劝一个流浪者回头

贵 客

贵客来,扬州会下雨。
事实是,这会的丰乐下街真在下雨
我的贵客不一定相熟,也可能初识
或一次过客

席间,我们谈到了觉醒
这个由生到死,由死复生的词

当然,在此之前和之后
语言被更多沉默替代
这似乎和中年有关也无关

秋夜真好,众人作别时
雨还在静静地将沉默
落进护城河里……

画 中

——题丹麦克罗耶的一幅画

月亮和你白色的连衣裙
在海面上晃动。
一个中年男人的右手轻轻挽着
你的臂弯
爱狗时不时嗅着他的裤管
你们漫无目的地行走在风里
你忽而止步,面朝大海摘下凉帽
并将之按在小腹前

那座空山给我吧
（外四首）

（福建）连占斗

那座空山给我吧
可立碑，可筑庙，可修坛
可引来流水，可让白雾缠绕

那座空山让它一直空下去吧
让清水空流
让百鸟空唱

那座空山让给画家吧
让他们画出脊梁骨
画出一股股紫气来

让那座空山独对苍穹吧
它可以看见无垠之幽深

我是词语的驿站

今夜，所有的词语都与万物相匹配
与人间相匹配
与我相匹配
我不想拆分它们
它们那么团结，那么温柔
都长着一副好面孔

风在你的发际又使了一把劲……
狗在一旁坐了下来
幸福就像从夜色里生长出来的
光与影——
一直蔓延至你离世多年后的今晚

夜色苍茫

白天最后的光线
在黄酒的醉与酸梅汤的醒之间
消磨殆尽

夜晚，我沿着月光的平缓与词语的陡峭
攀援而上

看到月光，总是将一片白汪汪的湖水
托至眼睑下
像那只掠水而行的孤鸟，我不知自己
最终要去往何方

今夜，我是词语的驿站
或者坚固的仓库
我为大地而看守它们
为时光而为它们站岗
我舍不得取出去修饰月亮
舍不得去点缀夜空
它们都是温驯的羔羊

退回到地平线上

这是一座山
我面对它的神圣
一退再退
仿佛自己身上有不可饶恕之罪
它逼退了我
退回到地平线上
退回到人间里

这是一座山
它一直俯瞰着岁月
俯瞰着芸芸众生
它的透视能力不容置疑
哪怕一丝污点，一句秽语
哪怕一个不洁的幻念
都赤裸裸地呈现出来

大地以山峰的形式

大地以山峰的形式
以原野的形式，悬崖的形式
以岩石的形式，土地的形式
呈现给我，让我去亲近
或疏远

而我以独孤者的形式
凝固的形式，流水的形式
以影子的形式，肉体的形式
灵魂的形式
交给大地，让大地挑选
或批驳

它们终于摇晃出自己的内心来

这些草木的野心都被疾风吹了出来
它们茂盛地疯长着
似乎无树不爬，无坡不上
无悬崖可阻止
在疾风吹拂之下
它们终于摇晃出自己的内心来

还好有无数的山峰可供生长
有广阔的原野可供扎根
玉米青藤地瓜叶也好
杂草树丛也好
它们都在夏天里放飞自我
仿佛只有在夏天里
才可以把贪欲表达出来

母 亲（外三首）

（广东）陈漫漫

母亲把大木门锁上，又往里推了两下
她把自己的影子推回屋里
替自己看守这座老宅子

母亲一生的风起云涌，都在这个山坳里

我说，妈，我要天天看着你
妈说，人老了，就活成犯人么？

唉，母亲爱她稳固的山村
我却强迫她爱我漂泊的都市

三月的雨

缺食短衣的年代
三月的雨，刀子一样
威逼我瘦弱的母亲

母亲很少说话，穿起黑色的蓑衣
去别人收过红薯的自留地
用锄头和耐心，再翻一次贫瘠的土地

小红薯，跟手指一样小，几乎不算红薯
偶尔，母亲能找到一两根大些的
它们善意藏在草丛中

拾起红薯，母亲就拾起了希望
母亲用别人丢弃的红薯，和上天洒下的雨水
养大了四个娃

如今，又是早春三月
屋檐上挂着冰一样的雨水
年迈的母亲，独自坐在雨前

叨念了一整天
那些年，日子是艰难了点
四个娃，狗崽一样窝在火炉旁
家里热哄哄

如今，娃大了，老屋空了
三月的雨，还是那么冷

父亲的密码

父亲只离开了一个夜晚
就再没有回到他所热爱的村庄

起风了（组诗）

（江苏）乐 琦

父亲活着的时候，舍不得花钱
留在银行的钱，足够他在人间再活两辈子

父亲是个军人，做事雷厉风行
连死，也雷厉风行
——他用八十三个春天来活着
只用一个夜晚，完成了死亡

走的时候，父亲把银行卡留在抽屉里
把人民币留在银行
却把密码带去了天堂

我们试了一串又一串数字
都不是

老 爸

一个深秋之夜
老爸突然走向虚无
我不肯相信
坐在门前，等他回家

我的老爸，从此无影无踪
仿佛他在人间一走了之以后
就跟他的女儿毫不相干了

我却总在人群中寻找，白了头的老翁
上前去，扯住他衣角
误认他是老爸！

起风了

起风了，树围了屋子
风言风语，乌糟糟的，代表谁的旨意
一群跳舞的巫师，鲜花还在盛开，不只一处
关上窗户，那是我需要的窄门

起风了，它背过身
残叶面对残叶，鲜花收拾鲜花
只有人的声音，招募黑暗，与风的速度不相
　上下
灯不够自信，摇晃着不安，我需要找到光的
坚定

起风了，一夜鼓噪，乌糟糟的

流 量

白墙，C位，阳光推送一条消息
花草斑斓，画面平静，穿梭的人带着风
时间刻度是早晨七点
太阳刚刚刷过我阳台的屏幕
会有短时间感动
用于眺望，远处不足百米的高铁线

一张张亲切的脸，来来往往，自带阳光
疏密有致地
修剪岁月和一盆绿叶草
神秘星图造像爱情，叶面上
光滤净的痕迹，在水雾的浇淋中
越发清晰，录下这段小影，为了爱你
我花完了所有流量，阳光温柔
它对我从不限量
就像你一样

黑森林

黑森林里，星星四处移动
口袋再扎紧些，风是一匹好马
母马的气味让它发狂
奔跑、嘶吼，用蹄子证明自己

一夜吹开的小芳
俏丽的花布，还没有裁成合适的衣裳
裹在越发圆润的身子上
热气逃出来，丝滑地粘在一起

两片嘴唇之间，风突然静止
二点位置认出了不属于我的自己
毛发又长了一个单位
我善良地刮去了昨日部分

当风再次吹起的时候
我确认了时间，并揣进衣兜
从镜子里拿走半张脸，可以肯定的是

另外半张不会有什么不同

出门记得上锁
梦境很快就会被遗忘
是的，黑森林总是反锁了自己
等着不同的闯入者

月亮罐

月白风清
冰凉的釉面
写着月亮的一生
我在一只空罐子里躺下

一圈圈罗纹
记录月亮的每一次升起
罐子里
我的眼睛里

月光不能阻止
一颗有故事的眼泪
在月亮把纹饰传遍我的周身之后
罐子空出的部分，没有塑形

我自己是一片月白
月亮的灰烬……
罐子碎了
碎成无数个月亮

大岭春语（组诗）

（河北）刘福麟

深情的落日

先于树梢上流连，依依不舍的
摸遍每一根枝条

在岭顶的一块山岩旁，迟疑了
像是想起一件往事

挂在断崖横空的老松上
不曾忘了向山鹰招手

以优雅的姿势，沿着山脊向下
完成她断崖式的回眸

吻别大岭，用残缺的余辉
把自己埋进薄情的峡谷

峡谷风吟

她执杯之际，炉火羞红
清茶北上，香的辛苦

峭岩的锋刃上，渗出夜的低语
一声风啸跌进谷底

那是她喂给孩子的金句
从皱折里挤出来

谷口四处漏风，她捉住
一簇野玫瑰，缠在发梢上

白桦林

它似乎善解人意，似乎懂得
大岭怀春的呻吟

在一根残枝里，它焐热
两只冬眠的松鼠

它清纯的情愫
换来了小鹿的啼鸣

小镇请出几位失眠者，让他们
讲述夜遇的那些仙子

北河之北

为北河起名的，是那些
伐木人后辈的巡山人

是那些摸清了山的脾气
赐予森林品质的人

是那些住在河边，用吉他
弹拨篝火与流星的人

是那些北望极光，在春天河面上
搁置了爱情的人

残 雪

小镇与草滩之间
雪粒清晰

阳光慷慨，残雪羞涩
女子怀春掩饰不住绿风

巡山人的碎步，向山顶
直逼白云

他眼下青色朦胧的
大岭，还有些许素雅的白

像女人裙裾的掐腰上
挂着碎玉

风月语（组诗）

（贵州）蒋郁相

一个嘴馋的孩子

差点忘记三月有这一天
门前，一棵小树开花
花叶各抢走几滴露
有一部分倾斜的阳光
被燕子衔去筑巢
那些写在花瓣上的灿烂
风吹醒的不止院落
光线的使命也不止温和
锁在办公桌上的黄历
居然挂了几个果子
蜜蜂已从花间去拥抱云霞了
喜鹊也提前来安了家
一个嘴馋的孩子
东奔西跑后，在树底下
偷偷的放了一把肥料

在窗户和门的眼里

在窗户和门眼里
我不一定是一个完整的人
虽长了人一样的脸庞

穿了别人试过的衣裳

打开门，推开窗
确认屋里没有其他人
站在镜子里的那一个
才是最真实的自己

太阳在窗前落下又升起
光阴从门缝走进又走出
床上躺着一个爱做梦的人
我醒来，触碰到梦的身影

此刻，千万张嘴巴对着我
用同一个声音对我说
灰尘都行动起来了
做个践约的人怎能懒惰

一杯茶中与你相遇

炊烟中，有一个故事
那个爱朴素的女子
正好长发齐腰
足够美化和感动一片茶山

阳光从她的怀中
借走了许多美丽的孩子
一杯开水满上了
满屋都是茶香

顺从水的命运
跟着溪流回到山脚下
在女孩的身后
开满一片金色的油菜花

一杯茶中与你相遇
凡是舌头能触及的味道
就像故事的主人一样
低着头，只待抚摸

我看见你微笑的时候

我看见你微笑的时候
泪花显得更加透明
起伏的连山和蜿蜒的河水
让一个人的爱情传世

晚风轻轻睡在屋顶上
月光在风的身上凿了一口井
如同你微笑的眼睛
在屋檐口来回转个不停

我看见你微笑的时候
古城以他的古与老
在长街上寻找一条河与一个池塘
只见你的笑容莲花一样漂亮

想起一首歌声的翅膀
在你眼里，潭边的天空
挂起一架彩虹。而后
从眼角爬出一颗金珠

老 杨

老杨坐在椅子上
抡起他的斧头敲钟
奇了怪了
这个技艺精湛木匠
他曾经的刨花
几乎是千家万户的口粮
而今的老杨，遇见了
一个名叫失业的伙伴
她拉着老杨，在钟声里
抡起斧子晃来晃去

敝 屣（外三首）

（山西）廉钢生

一辆旧自行车
靠在同样旧的墙壁上
起初车子的主人喜欢它
身上有了灰尘
被一块毛巾擦得干干净净……
不知过了几个春秋
它的皮肤褪了色
身上零件也老化不好使了
直到有一天
主人换了一辆新的电动车
它便彻底地被弃用了
只有依靠着的那堵斑驳的墙壁与它相依为命
而那堵墙的状况更糟
不仅被随意涂抹乱画
还粘满难以除掉的污物
只有蜘蛛，将自己的网从墙角伸展出来
将墙壁和自行车紧紧拥护在一起

择 路

小时候
眼前就一条路
好像不知道还有别的路
总是一心一意延着脚下的路

蹦着跳着就到了想要去的地方

渐渐长大了
眼前的路多了
看到的路口也越来越多
有些眼花缭乱了
……
走大道，还是小路
走正道，还是捷径
走直道，还是拐弯
走明路，还是暗道

选择多了
迷茫的时候也多了
犹豫的时候也多了

脚步越来越缓慢
也越来越沉重

那时候

那时候
写字的笔没有墨水了
从你的钢笔挤出来
滴在我的笔尖上
把一个字的笔画写全了
把一个句子的意思写完整了
满足的笑也写在了脸上
我们彼此的靠近，能感觉到彼此的呼吸

手掌上
文字在视频上跳跃
那些问候的话语很多很多
可是，感觉不到彼此的体温
不是文字变了
是表达的方式变了

岁月中，一颗钉子

它，静静地躺着
随时准备站起来
去需要的岗位报到

它的骨头很硬并且尖锐
可是头却低着
随时准备接受锤子的击打
深入到需要的地方

它的身体被埋没
却用自己的绵薄之力
支撑木头的站立

它很渺小
在高大的建筑面前
看不到它的身影
只是默默地发挥自己的作用

它没有头顶显眼的桂冠
也不自诩不凡
只把自己当作一颗普普通通的钉子

硬盘里的乾坤

（组诗）

（浙江）沈秋伟

有趣生灵

我的硬盘里活跃着许多生灵
许多年来被我囚禁于此，不声不响
当我将硬盘插入地球的脑部
那些生灵便叽叽喳喳、沸沸扬扬起来

有一只花猴子
经常在我的文字间出没
揶揄我的语法和修辞
揶揄我进退失据的诗歌冒险

有趣的事情还有许许多多
譬如一些友好良善的秋虫
常常在我思绪的门口守候
我的诗句一出笼便以鸣叫欢呼

当然还有一些古代生物也甚是机灵
寒武纪的三叶虫，那些穿袈裟的小僧
均能在时间管道里来去无踪，让我的语言
拥有了不可思议的轻盈与飘忽

蜂群报复

一堆文字、图片，以及少量视频
这一众过去岁月的残片
物质和精神的混血儿
被我遗弃于此，它们久练成精
身上已长满尖刺和飞矢

当我打开这硬盘
那些被遗弃的文字组成的蜂群
猛然飞扑过来，群起而攻我
它们用饥饿筑起的怨怼
箭一般射向毫不设防的我

它们扎我肌肤，刺我魂灵
在我腿上、身上和情感上制造
血淋淋的现场，这是
它们因被遗弃而实施的报复，就这样
一宗遗弃罪无须公审，即已得到报应

一口深井

我的文字生涩，按照行规
应当被贬到某地修炼
于是，每生产一批思想的半成品
就须将它们压缩到硬盘之中闭关

时间一长，硬盘成了长满苔藓的老井
被废黜的文字也陆续完成孵化

在语法的井壁上四处蔓延
在黑暗里喂养修辞的异形

但是，犯下原罪的是我啊
在井底思过的也应当是我
我那些勃发着生命气息的文字
应当拥有海鸥的飞翔、野马的驰骋

是时候了，我打开这深井的井盖
将它们全部放归大地
这些黑暗中蛰居的天使正依次飞出井口
而此时的井外，一大片白雪荒原好苍茫

行潦日记

日子走过，溪水流过
我一路拎着硬盘，这只语言的篮子

拾掇自己的行迹，流水的行潦
不肯错过每一缕心思、每一朵涟漪

这些年写得最长的是武汉经历
每一瓣无主的樱花，曾在珞珈山饮泣
都被我一一收纳，当作自己的女儿
珍爱，而编织进自己的生命简史

我的日记里哲学较少
数学较多，概率与排列最多
寒夜何时离去，春天何时到来
山路上的羊齿草嚼过了多少生生死死

我的日记上记天文、下记地理
中记云的墒情，以及
夜色的焦虑，玫瑰的惊慌
蝙蝠的出没，夜来香没有觉察到的危险

向　晚（外四首）

（安徽）高常亮

淮水抛出金币，把霞衣还给天空
河面一艘吃水很深的货轮
像一个内心落寞的"谪士"
踽踽独行

十年禁捕，鱼群有了耳目
偶尔，河面弄出一朵莲花
如三国赵达妹丝巾上绣的那朵？
天空的白云，似牛郎织女的情书
只是字迹有些模糊

走在淮河岸边的石径上
西天一颗向晚的红石榴
正静静地落向
我们想去，又去不了的地方

修　心

需一顶破草帽
一根打狗棍，一个旧胶丝袋
还需一只破碗

他一只手
颠动着碗里的硬币，眼巴巴地
望着行人

他露宿街头或寺角，不问世事
更不会被人谗言和嫉妒

我猜想：他正在"修心"
与山寺里走出化斋的僧人
没有什么区别

寺内寺外

沟沿边僧人倒下的一摊香灰
还有余热，灰白的灰掩埋了
沟边一片青青的草

青峰寺的香客
来了又走，走了又来
他们许的愿，被风吹走了
遗下的香灰却是那么干净

寺院的墙围有铁栅栏
寺外有稻田、白杨、坟堆，还有梧桐
倒香灰的沟沿，香灰越堆越高
一棵法梧被烤得"圆寂"了

树头的枝杈有几串枯叶，远远望去
像蹲在枝条上的麻雀
聆听着寺院内传出的木鱼或诵经声
沉迷而不惊

想你的时候

想到你,就会想到
十年的雨水,想到雨水中的
山与林

十年的风吹走一拨又一拨
凤凰城头的云?
淮水的鱼爱跳水,不知哪一朵是你
现在,我想你的时候
就使劲地往南瞭望,白云
擦拭过的南平山

十年瞬息,大地铺张的绿
一直延伸到你的墓地
我的椎间盘已有三处膨出
每每来到你的碑前鞠躬
我能听到椎间盘的嘎巴声

永 别

与父母永别时,心底留下忏悔
与大哥永别时,眼中藏满泪水
与她永别时
我只能用生命最后的气力
死死地摁住自己的左胸

你是我的热爱
(组诗)

(辽宁)倩儿宝贝

六月的风

对不起小哥哥
我的心房太小
一生只够爱你一个人

时间
不是我的良药
夏天来了
我还是想去远方找你

你和我
相隔的不是地平线上的距离
是另一种遥远
我怕用尽一生
也等不到你

小哥哥
你是六月的风
将枝头一些早熟的浆果吹落
有的甜,有的酸

深夜深

比海深的夜醒着
比夜浅的风醒着
风把天上的云吹醒着
也把地上的虫鸣吹醒着

虫鸣成灾
庙宇的门关也关不住
庙里的小僧
翻了翻身，也醒着
不是因为风，也不是
因为虫鸣

傍晚，他诵经的时候
跪在蒲团上祈祷的女孩
那么像他剃发为僧前
深深爱过的那个人

你是我的热爱

贪睡贪玩的小动物
草长莺飞的红树林
清溪围绕的小村庄
还有一个小哥哥
都是我的热爱

天空
偌大的爱情田园
结出太阳、月亮、星星

又美又甜的果实
每一天每一夜
被相恋的人们品尝

小哥哥，此刻的你
坐在我们的小木屋
伏在粗木桌旁，专注地画
少年时就住在你心海里
一个青梅竹马的童话

重　生

小哥哥，当我坐在
黄昏轻笼的雾霭中
有一只小小翠鸟
站在河畔的苇草上

它不飞走
它静静地看着我
听我轻轻唱一首歌
小小鸟，它听得懂吗

小哥哥
我用这首诗想你
用九月的风
做我怀旧的翅膀

你说过，你什么都不怕
如果我爱上你
你就是重生

做你的归人

小哥哥
初临的黄昏，静谧
相爱的我和你，美好

阳光微笑，与纤纤草
在小山坡上，结伴开花

拂动你鬓发的风，温和
吹散远去的歌声

吹不散
你我深深又远远的凝望

请允许我吧
允许我这片刻的不安宁

我不要做别人眼中的落单美人
我要跋山涉水
做你怀中的归人

你不在场

河边的红枫林
被十月的色彩点燃
一片又一片，好多情

我记得的
那是你我相约初见的地方

却一直不曾梦想成真

薄情的十月
就要把灿烂的爱情
和一树树繁华
狠心遗忘

我偷偷
将它比喻为远方的你
因为，无论我多么想你
你总是不在场

你吹过我吹过的风

小哥哥
吹在你身上的晚风
是从我这里吹去的
它们蹑手蹑脚
触摸你的爱情河

摇曳的河水荡漾
像极了你的欲罢不能
夜色不空
我坐在它的原野上

半弯上弦月
私奔江南
那是谁的眼眸
在思念里流着泪
在天幕上动了情

杨声广，男，生于1998年，侗族，贵州黔东南。有作品发表于《诗刊》《大家》《诗歌月刊》《扬子江诗刊》《诗潮》《星星》《青春》《散文诗》等。参加第四届"山花写作训练营"，曾获第七届野草文学奖，第三、四届晨光年度文学奖，第十届校园双十佳提名奖等，并入选部分年度选本。

窗台有信（组章）

杨声广

观月杂感

不论给月亮赋予什么，它并不反驳。

它接受一切形象的附加，又贴切地出现在我们需要的时辰——它陪我们饮酒、独坐，和解剖一首诗里深藏的隐喻。

在我们沉思时，它就卡在树梢之间，一动不动。

时间停滞在这怪异感觉中——有些事、有些人短暂地从神话里挣脱了。

当我们注视到它变得越来越亮，云，像失控的海滩般铺开——浩浩荡荡。

当它越来越暗，形象取消了赋予，我们心中老去的是一个少年、女神、伐木工……

而它在后退。甚至触碰到星空那巨大的怀抱时，它把自我抛开。

"孤悬，曾把它认作主人。"

并陪伴着它。月亮隐蔽，天空像一面无用的背景板，已无法读取更多的留言。

而在它舍弃的地方，人间位移，已是新的一天。

顺时针

雨季，钟表运转——

河水猛涨，我俯身倾听来自湖底的声音——一只兽活跃在倒影的范畴中。

但河静静的。小镇依偎在这静的怀抱里生长、破碎、孕育……

然后空无。我看见烟缕升起又飘走；我看见古榕树中空，但枝叶繁茂；我看见垂钓者的耐心幻化为阵阵波浪，拍打在岸边。

并乐此不疲。所以，人世间恪守的某种定理，真的是一成不变的吗？

季节深处，一条河在调整自己的呼吸。

悠长的叹息，呼啸在耳边——仿佛无数种抵达，我却只知晓一种。

"时间盲目又顽固。"

风吹，油菜花开，垂柳释放着淡淡的香气。

我闻到空气里潮湿的部分，有种苦味。

木墙上，纹理新生。小镇外回荡着的都是春天的低吟。

窗台有信

春天不可揣度——

绿意席卷。时光之慢，正把窗外的鸟鸣解构成一团掉落的雨滴。

"雨滴里，有种难以参悟的真理。"

在我们思考时，雨落下来，乌云散开了。屋顶上的寂静、浓重斑点，和往日滞留的荒芜——带着结晶般的反光。

而那些离我们看似很远的山，曾在雨中奔跑、抽泣……

推开窗，雨还在下，听觉里灌满陌生的寒冷、交谈声——雨带来的，不止它本身。

推开窗，我们和雨的焦虑擦肩而过。

在雨的面前，赤裸的旷野是喜悦的——雨，落进细微的差别中。

安静的雨，倾向于默读，一种陪伴之物；剧烈的雨，代表着一直有别的意义闯进我们的生活。

我们说话，语言徘徊在：

"这一刻与那一刻之间。"

雨小了，电线杆湿湿的，树枝湿湿的，群山也湿湿的——雨，在镇定地讲述。

站在窗前，那些从雨中分裂出来的东西——轻盈、明亮，转瞬为安详的水珠。

站在窗前，窗口宽阔，小镇清晰，灰尘隐去了踪迹。

雨停了，雾在蒸腾。一抹新绿，正破开窗口的边界，缓慢地向窗外探去。

雨夜所得

雨，突然落下来。

窗外的世界在一阵恍惚中回过神。已是凌晨三点，黑夜的饥渴正是从这里开始的。

雨，不顾一切地落向操场、指示灯，窗台上的一株吊兰……

我不知道对于它们这意味着什么——但雨点的嘀嗒声，像在敲门。

现在，黑暗痉挛，镜子慌乱。脸，是一张和以往都不同的面庞。

已是适合做梦的时刻。万物睡去，但一种莫名的欲望惊醒。

雨，认为这黑夜太脏乱了——它的一生都在致力于清洗、冲撞……

雨，哗啦啦地下着，一切都守在梦与现实的交点之处，那里岁月汹涌，光阴沉稳。

经过一夜，万物寂静。早晨起来，街道干净，我们使用的比喻干净——

流水卸去枷锁，无声无息。

窗帘说：

"天空在分娩。"

闪电奔驰，带着撕裂般的怪力、光和呐喊。

拱桥论

它的使命是驯服充满暴力和混浊的水——

桥下空间，安抚过来历不明的水；饮下过燥热难耐的水。

它更像是水的收集器。从前它忍受、宽容、日日夜夜沉默。桥身低垂，在一种长久的姿态中，创造优美的弧度——月亮，有时在它的胸腔里圆满。

现在它理解、释然，不去关心——那些活泼的、急促的、迟钝的脚步声。

而过桥的人，曾是把镜子摔碎又重新拼凑的人；是把心交给流水的人。

"彼岸，真的比此岸更接近纯净的心灵吗？"

桥的两边，站满了人。有时，走在桥上的人在我们的眼皮底下消失了——没有谁目睹他们去了哪边。

有时，走到一半的人，停在中间，似乎还没下定某种决心。

有时，从此岸走到彼岸的人，仿佛换了

一个人——一声不吭。

桥，习以为常。我们作为旁观者，站在桥上往下看时，河水温顺，涟漪弯曲。

我们难以分辨，水中倒映的是：

我们自己，还是一个从遥远之地赶回的人。

白鹭表达

白鹭问："有比我所更精准的表达吗？"

我眼里除了光，已无法融进任何事物。我用我纤细的腿行走在水面，像行走在镜中——如柔和的舞步。

那么多和我相似的东西，从未得到过峡谷的青睐——我仍是它唯一的点缀。

我常常痴迷风在翅尖的颤动，像远古的绝技。

"飞，并不只是到达低处的方式。"

我喜欢泥土味，也珍惜命运的馈赠。我在一种观察和被观察的角逐中反复练习憋气——我并不熟练生存。

但我熟练掌握怎样出现在课本的描述中。

"一闪而过，只靠一口气活着的鸟。"

我睡着了，在或深或浅的梦里，那是一望无际的田野，满地的银——我可以随意拾起，却并非我的乐趣。

我被吵醒时，田野在涨水。

我在一幅画中时，恒久的艺术——诞生。

四四，原名赵海萍，河北邢台人，生于1980年，中国作协会员，河北文学院签约作家，鲁迅文学院第43届中青年作家高级研讨班学员，邢台市作家协会副主席。有作品发表于《十月》《诗刊》《清明》《雨花》《长江文艺》等刊，出版有长篇小说《渐入佳境》。《远山中的淡影》获得第四届三毛散文奖。

我们在雾中前进
（组章）

四 四

时间从子夜穿过

就像烟卷自由燃烧，就像树叶从边缘枯败，时间从子夜穿过，而我看不到那根线，沙制的绳索。

是睡觉的时间了，美梦或噩梦已经向我发出邀请，以信笺或玫瑰的形式，伴侣一样扑朔迷离，又忠心耿耿。

时间的艺术正如怀疑和遗忘的艺术，正如旅行和绘画的艺术，正如生和死的艺术。

时间从子夜穿过，我看到了我们之间的爱情——

是一个幻觉，开始于一条鱼，如今已变成一截朽木。

没有人知道盲人眼前是朦胧的光，而不是黑暗，没有人知道我们曾经是同一枚月亮，拥有过同样的山河。

时间从子夜穿过，我的卧室——四围和屋顶到处都是镜子，过去和未来被写成一本又一本的书，而现在是一个空空的瓦罐。

寂静压迫，像狰狞的漩涡，像患病的宠物，我仍然怀念儿时的大雪，仍然怀念你……

一个悲哀的人

自然，不是那只幽静小巷里的鹦鹉，它逢人便说"江河入海流"，也说"人生如梦"。

也不是那一小束即将干枯的裸粉色玫瑰，那是短暂的迷惘和狂欢，也是永恒的孤独和幻觉。

"难道你不痛恨记忆吗？"

一个戴眼镜的花白头发的人站在镜子前跟我说。他就是那个悲哀的人，相比记忆，更痛恨单调和重复，然而，没有一个人例外！

没有一个人能够逃脱。

"我在思想上满足你！"

我也是那个悲哀的人，我们拥有过同样的黎明和黄昏。

烟酒的味道弥荡在周围，我又写下一首关于爱情的诗歌——

是的，我们是纪德所言"最无可取代的存在"。

夜晚即将如约而至，我并不满心期待着敲门声——你也是！

我们在雾中前进

这句话出自那个热爱哲学和音乐的捷克人——

他是小说家，被自己的祖国驱逐又接纳。

即使在雾中前进，他也不愿沿着前人的痕迹奔跑，或呐喊，在那人迹罕至之处，在一座广阔的花园中，他寻觅到自我。

他在雾中前进，成为二十世纪动荡历史的象征，的确，后人相信他不曾活在世上，也相信他不曾离开人间。

他否认，任性，欺骗；他真诚，迷恋加缪及自我消失的艺术，他在年轻时是个告密者，年老时，他用文字审判并埋葬自己。

而今，他客逝他乡，长眠于异国的土地之下，他说，我们在雾中前进，我们仍然有很多创造的可能性。

然而，迷雾愈来愈诡谲，像人的性格，也像他们的爱情，然而，我们朝过往前进，并且牢牢抱紧前人的影子，以及声音。

他洞悉眼下的一切，但在他看来是个玩笑，在第六区的寻找正午巷，他曾和薇拉手挽着手在街头漫步。

黎明时分

群山静默，大地欢腾，我是黎明时分那个濒临绝望的人。

并非源自噩梦，并非源自现实的压力、麻木，以及孤独——

寂静从不移动，像痴情的伴侣住在我的房间。

其实，并没有一个痴情的伴侣住在我的房间，那里只有我和我的影子，柜子、台灯、美短猫和它们的影子。

我们汲取欢乐的能力行将消失，新鲜又野蛮的激情不曾降临，是的，我们从未捕获时间和自我——永恒的谜。

既然那永恒的谜从未被捕获，既然虚无真实，我们为什么仍然乐于像奴仆一样奉献出青春和美，以及生命。

既然我们没有互相唤醒沉睡的力量和潜藏的才能，我们为什么像真正的情侣一样践行责任，或者愤怒，或者悲伤。

亲爱的，我们都是黎明时分那个濒临绝望的人，来吧，我们喝酒……

记忆的旷野阒无一人，那晚，我久久地凝视月亮——

一个幻象，一个遥远的悲伤的镜子。

没有人久久地凝视我，我记忆的旷野阒无一人。

我们曾抓住了那个转瞬即逝的入口，不再消沉和压抑，也不再惧怕单调和空旷。

在茶几旁喝酒时无话不谈，在路灯下散步时赞美影子，爱情像时间一样复杂而微妙，我们相信，我们也怀疑。

我们有着冷傲的面孔、乖戾的脾气，以及汹涌不止的沉默，现实这堵破裂的墙充斥着危险的气息。是的，它一直在垮塌。

我们在黎明时失去的不会在傍晚时沿着原路返回——

那条路分裂成千万条路，每一条都没有尽头。

王兴伟，男，中国作家协会会员，1974年12月出生，诗歌、小说散见于《诗刊》《星星》《北京文学》《贵州作家》《牡丹》等杂志，曾获贵州省专业文艺奖优秀奖。

雪 域（选章）

王兴伟

此刻，组成你名字的发音已然陌生，而隐秘又丰富的欢乐像一条河，也像刚刚写就的诗歌。

我们沉陷于孤独之中

我们曾是忧伤而热烈的存在——
然而过往炸裂，微小的碎片雾一样无家可归。

在秋天，法桐的叶子由外向内枯萎，在冬天，它们落尽。而我们沉陷于孤独之中。

我们聆听彼此强烈的沉默，那是行将消失的爱意，以及幻灭、疲惫、悲伤……

独自的夜晚覆盖着有毒的盐粒，覆盖着沙子，梦中，漏雨的隧道漫无尽头，空荡的群山高不可攀。

流逝的时间中什么痕迹也没有，然而，那些存在过的痕迹究竟意味着什么？

那个月夜，你站在窗前抽烟，而我坐在藤椅上看你，我们举起酒杯，微笑，凝视……

一次短途旅行就够了，兵马俑、三星堆、天涯海角……

在那张陈旧的画布上，我们还能不能继续涂抹星辰和月光。

1

雪是冬天最美的风景，一片一片从空中飘落，洁白地躺在大地上。枯黄的草尖上有了晶莹的露珠，一闪一闪。被风轻轻一吹，坠落地上，化成了水，钻入泥土中瞬间便没了身形。

雪总在天黑时越下越大，茫茫一片。在雪中行走的人，看不见前路，也不见归程。

村庄静寂，城市静寂，灯光也被雪遮住。一切的一切似乎都被雪融了。

世界干净得只剩下雪。

2

好大的雪哦，开门的人眼望前方，脑中幻出一幅绝世美景：这是谁的婚纱，在缥缈中相爱，永恒原来即是短暂……

　　未来只是现实的延伸。一场雪是真实也是幻象。禹门寺中，独坐的老和尚手握念珠，掐一下，树上的丫枝就被压断一棵。一只老鼠从洞中窜出头来，衔走了刚蒸熟的馒头，他笑了。心与景随，他不知道是在拯救自己，还是拯救众生。

　　山上无人，雪落有声。

　　香火不灭，神在看不见的高处。

　　一只鸟扑的一声飞了，天空如此狭小，也如此辽阔。

　　一片雪的身后是雪，雪与雪，填满了天地间巨大的空。

3

　　一个冒着风雪行走的人，内心的雪更大。他要奔赴的地方，也许雪花开成了灯，也许雪封住了归路。

　　雪没有停。轻轻擦去了那些深深的脚印，仿佛是告诉人间：所有的过去都是结束，所有的现在都是开始，而未来永不可达。

　　走吧，在雪地上踩出簌簌声响，最好超过雪，灵魂才能实现本质上的飞升。

　　也许，等雪融的时候。最坚强的防线也会崩断，一个人眼眶里的雪，终究要用泪水来还。

　　风雪夜归，只为找一盏灯而眠。风雪夜归，围炉煮酒的人意不在酒。

4

　　雪花也许是快乐的，你看，它感染了那些奔跑的孩子。

　　你追我赶，身上全是雪。他们把雪当成了送给彼此的礼物。

　　随雪花而舞。咔嚓，咔嚓，他们也成了雪花，成了雪地上最令人心动的风景。

　　雪花是可爱的，但被捧在手心的时候，一不注意，就化成了水。被水洗过后的雪花什么也不是。这世间，留不住的一切都似雪。

　　雪花是天空与大地的约定，一年二三次。

一旦进入内心，就滋润万物。

天地悠悠，唯雪花不老。
时空漫长，唯雪花时时都在赶来的路上。治疗那些疲惫而彷徨的生物。

5

曾经，雪花是世上最美的谎言。当它美到令人窒息的时候，危险也就来了。拥雪而眠的人，常常在雪中融化，成为一粒种子。

在乡下，祖父种下的苞谷仍然郁郁葱葱，稻谷依然散着璀璨金色。只是他在土地中再也没能发芽。落雪的时候，变白的草仿佛成了他的白发，年年都保持着相同模样。我疑心，村里所有逝去的老人都隐藏着一头白发。大雪降临的时候，他们都聚在村里最高的山上俯瞰村庄。村庄就是他们怀里的孩子，就这样爱着，一直爱着……

雪落村庄，茫然相望的时候，我们都不知道自己是谁。

6

经过了一场又一场雪，大地似乎又白了一些，草木不知年岁。

哒哒而去的马蹄没了踪迹。马呢？在雪的背后渐渐隐了身。雪落大地，空旷的原野上只留下苍茫。

一只蚂蚁，又一只蚂蚁，慢慢爬着……
麻雀叽叽喳喳……划过了一道又一道优美的弧线。生命的意义在于飞翔，在于完美绽放。

雪呀，下吧！下它个酣畅淋漓，万物生长；下它个快意恩仇，枯木逢春；下出世上最狠最毒的风景，让人一辈子刻骨铭心。

一场雪过后，那个饮酒的人举起手，眼中全是雪。

因雪而醉，是一个人最大的幸福。下着，醉着……醉着，下着。

人间又是一个春天。

8

大雪满弓刀，雪能虚构人间至美的风景。
独钓寒江雪，雪能慰藉人间无上的孤独。
孤飞一片雪，雪能见证人间无尽的荒凉。
窗含西岭千秋雪，雪能看透人间最远的路。

一片、二片……飞入人间都不见，雪能躲人间最长的猫猫。

残雪扫尽，打马的人一去不回头。雪也

能谱人间最悲壮的长歌。

  风雪送春归,远去的人是为了寻找更美的风景。雪也能写人间最绚丽的长卷。

  雪阻归途,是挽留,也是送别;

  雪落大地,是叙事,也是抒情;是结束,也是开始。

  静默的你不知道,哪一片雪会落在你头上。

  内心又会长出怎样的风景,一任雪将自己湮没。

9

  谁保存着去年的雪,谁就拥有了穿越时光的本领。

  在雪地上打滚寻找熟落的果子,鸟飞翔的地方才是天堂。

  这里有好多好多的雪:前年的,去年的,山上的,山下的,北方的,南方的……

  像树一样的年轮藏在雪的内心,可雪一化,全没了。

  雪影茫茫,其实空茫的是人事。

  哪里有什么轮回?年复一年的雪花落在虚构的数字上。

  什么是真的?当一瓣又一瓣雪花在阳光下融化的时候,谁又明白雪人心中的悲凉。

  雪影一闪,城市依旧熙熙。鸟落人间,鱼翔浅底,山河依旧是一幅画。

10

  雪影一闪,人间又是一年。

  处处飞花不见花。仰头的人学会了低头,低头的人学会了弯腰,弯腰的人学会了匍匐,匍匐的人学会怎样在泥土中寻找卑微的影子。

  雪已非雪……

  那惊呼,那慌乱,那揉雪的小手,以及雪一样的眸子……

  雪落在雪上……

  一切又都成了一张洁白的纸。等待书写,擦去;擦去,书写……

  走着走着,赏雪人都成了纸上的笔。谁看谁,都是真实;谁看谁,都是虚构。

  一片又一片雪,写成了厚厚的书。

季末，本名季展伊，2002年出生于江苏南通，现居苏州。诗歌、散文诗发表于《扬子江诗刊》《青春》《散文诗》《向度》等刊物。

永夜乡（组章）

季 末

开膛蝶

我是说，一个江南的粉夜如何于你唇边惴惴，最后酥糖般隆重地落陨？玉枝鸟穿着疼痛的燕尾服起舞，而河水温婉，树影绸滑如一座绿色旋转木马。我看见春神脸上的枝桠探过窗，静谧地触摸你的眼睛。

金属簌簌涨潮。你折下病鹤般的白花，断翅满手。

永夜乡

我在她黑眼睛的缺口处目睹一张夜晚的嘴唇，她的眼神贴在暮色袭人的薄镜上，隐秘而贪吃地禽动。

那里有许多楼台，每只花瓶都长着塞壬的喉咙。独角兽在昨晚的瓷器上一直跑，心脏是座坏钟表，胃里开满了肿胀的花，绿屋檐下绚烂狰狞的春天戴着一对哑掉的玉耳环。

像闪电穿过蝴蝶兰紫色静脉，那急促的死，是她一生所拥有过，莫大的幸福。

面部幻影与水果盘
——题目萨尔瓦多·达利的油画

你吮吸最终谜底。旷远黄昏统辖入口即化的时间，沙漠的肋骨穿过锁芯，卵生兰花蜿蜒，那孩子啮食的是软钟还是煎鸡蛋？我们托付流云的脸婉约，让所有画像自惭形秽。荒蛮肢体折叠，柔软如狮子头。噢！你仍酝酿一场腐烂，窈窕、情欲地红着，五官沉睡，我拨弄器皿，静脉沙沙吟唱秋天自相残杀的雀斑。

我们通过裂纹相互辨认。蚌壳中诞生扭曲的皮囊，石榴血甜于蜜。抽出虎皮金箔，汤勺反复盛舀对面的肉体，暮色中池水晶莹，羞赧如你垂老的薄脊，狮群静止，那颗皱苹果或许使特洛伊免于战争的牙印。

最后她从空的地方走来，把飞鸟和塔收进袖口，月亮乱跑。蜡烛半透明地烧着她，忧郁的银冠落进橱柜。她惊视空旷的蝴蝶衣架——起舞吧，没有人正比时间年轻。玫瑰斩首的裸体伫立，坍塌的腰肢嵌入螺壳，她在棘刺电话上拨响空号，重叠进钟的刻度。穿上影子飞起，越过叹息墙四处都是我们的脸，珍珠般明媚。

致未生之地的湖泊

夜晚铺展开绛色穹顶，松林，酒红的弓与琴。比死更壮丽的宫殿。旷野中湖泊流丽如燃灯的窗扉，对徘徊于此地之人慷慨地敞开。

空气里大股陈旧的桂花味儿，是陈旧的，不是新鲜的，是同我刚踏进江南秋日时闻到的一样，在凉下来的季候里金色地缠绕着人的气味，十年前故乡树下掩埋我的气味。

世界低垂，凌晨的天色并不很暗，无数枯涩的枝桠向天空祈求着更大的空旷，如同一束束密集而剂量轻微的闪电。远处楼房古怪地绵延，黑夜近乎一个黄昏。

潮　生

剥开的衣角化在水里，粉颊生苔，透窗赤裸着深深泛花纹的绿，绿得像一个千年，她散乱的发尾。轻弹一具羊骨，叮咚，叮咚，森白的荷蓋涩，不自觉指尖含了一下颈窝，是谁与水生植物并蒂，共享宿命般的孱音，舌语绵密湿润，午后幽隐的叠腔，镶着嫩叶蕾丝楚楚。藤蔓小桥攀缘眉弓，走猫步，光线潮湿，腰肢呢喃柔软如鸽羽。

她饱饮翡翠字，从书页里展开一池冶艳的蝉翼。

阳光春日宴

色彩斑斓的午后，多年轻的海，光线丰腴如唇部暗涌的桃肉，将语言丢进浑然的人群。金属涟漪尖叫，一个疼痛的异声中，新鲜红木椅子抓住古老跌倒的躯体。

草坪宽阔，额头依稀青鸢的倦容，碎花剪裁凝脂般匀婷吐息，她涉瓷色绿水而来，寻觅千年的伤心桥，电梯把玉兰和狐狸载上楼，历史从右边下去。血统暧昧的城池，和平如母亲透明的春秋寝宫，书籍噤立，头顶水域高悬一面褶皱的镜子眼纹鎏金、性感。

脸穿过兰花的女儿颤如一把惊弓，在天堂般的视线里，小鸟操持着妩媚的生涩。

她静止，便对所有人隐瞒，心脏内翕动的机芯梅瓣。

异乡人

回廊吐舌，卷吃无眠的幢影，如咀嚼夹竹桃软骨，天色失血，我空旷成钟声的衣冠，往返于穿衣镜低鸣。天桥亭亭，你这巴比伦暗夜的悬苑，琉璃眼浮雕痉挛的植物，向我丢来一副灯的五脏——但请别饮我柔弱的毒翅膀！

踏着颠颓旋阶，我将溶进触手的黑，亲爱的安美依迪丝，小蜜蜂锈迹斑斑，是否还有人怜惜你繁花缭绕的双耳？

扎满碎羽，琳琅地穿梭，漂泊者如橙云失火，降落于钢筋灯塔，橘光腥湿，一俟城市薄艳的眼尾。森林扭打的水泥肌腱，气球月亮发烧，云层弹奏上好的铅狐狸，铁青的竖笛被行人由高音踩到低音，咳些破碎的短句，扁扁地黏在路面上。雨后的窄巷如泥泞的空血管，自卑的旧城邦。我塑料袋般沉默，而危楼欲坠。

徐福开，2000 年生。系中国诗歌学会会员、河南省作家协会会员。其诗歌见诸《人民日报》《河南日报》《星星》《诗歌月刊》《中国校园文学》等报刊。现役军人。

速写生命的图案
（组章）

徐福开

并不深刻

诅咒疾病，或许也是一种疾病。
诅咒痛苦，或许也是一种痛苦。
毕竟，我们在尘世，食五谷，少不了这样的味道。
与其诅咒，不如祈祷；与其祈祷，不如坦然面对，为黑夜加持春天的颜色。

生命的大幕，启开时，伴着哭声。
落下时，也伴着哭声。
一个是迎接，一个是告别。
欢笑放置在哪里呢？除了或宽或窄的中间地带，不会有更多的选择。

就是这样,带着与生俱来的本真与质感,具体地走进生活。

像走进一段缺乏传奇的故事,甚至也缺乏深刻性。

现实的石头,坚硬如砺,会磨平理想的棱角与锋芒。

圆润,从另一个侧面去观察,一不留神,就成了圆滑的代名词。

千万不要渴求满,满了,必然要外溢。

外溢了,接下来,往往就是亏空,就是虚无。

这结局,是生命不想拥有的悲催。

不如与贪婪的标线,保持一点儿距离吧。

废墟和梦,都是我们生活的标配。

都可以大张旗鼓地宣示,也都可以悄无声息地收藏。

年轻与年老,兴荣与枯败,统统是一个样子。

不能成为叹惋的理由。

满纸的痴人,满纸的醉汉,满纸的癫言狂语。

这样的描述,并非仅仅指向诗歌。

生活就是在相似的状态中,反复地折叠,繁复地进行。

时而还凸显一点儿近乎丑陋的痕迹,怎样用清醒的橡皮去擦拭,都难以擦拭干净。

多余的情节

尘世的耳朵足够辽阔,石头一样的,枪刺一样的,毒药一样的,各式话语都能听得进去。

也能听得进,海潮的怒吼,狂风的暴虐……

但是,你不妨时时用一些庸常的柔软,给它一点儿熨帖和安慰。

它那敏感的神经,一根一根,正需要呢,包括需要简单的言辞。

我们的生活,色彩丰富,但原色只是黑与白。

黑,要黑得纯粹、干净;白,要白得光亮、澄澈。

所有名义的混沌和芜杂,都是心灵的反义词,都会遮蔽太阳的温暖。

其实,如果它能够回到一张白纸的年代,对于我们,或许将成为更大的幸运。

人间的烟火,有繁盛与寂冷两种形状。

这是一条不需要证明的定理,推论也是多余的情节。

两种形状,与我们日日相伴,直至终老。

直至我们眼里的世界,化作一缕轻风,万物皆归于虚无。

每一棵青草的内心，都有尘埃。

每一滴海水的故事，都有照耀。

每一只飞鸟的音符，都有沉重。

每一块冰糖的幻影，都有苦与甜的层叠。

谁的脑壳里，只装着时光呢？

平静下来的时候，真理却不肯止歇，仍在速写生命的图案。

这就有点儿悖谬了呀，这就有点儿乖张了呀。

不管怎样，我们都要尽可能多地，把善和美装进去。

我们不能用眼睛只去发现，还必须让它担负起注释的责任。

让它去描述思想的旮旮旯旯，去具象心灵的各种碎片，乃至宇宙的暗物质。

愁绪，忧郁，和疑惑，也是不可省略的。

哪怕它会陷入一场无端的等待。

与愿望悖谬的生活

通往目的地的道路，被一束光改变了方向，作为一个事件，我已记不清具体的年份。

顺着方向的指引，不分昼夜地往前走，当我终于到达的时候，才发现原来是一个早已作废的旧地址。

这玩笑，开得有点儿大了呀，我在心里一遍一遍地如是念叨着。

一遍一遍地，念叨成了黑色的幽默，或谶语。

反反复复地，编写着同一条短信，措词一样，标点符号也都不曾出现过差异。

朋友圈那么多人，我却一个都发不出去。

像一场盛大的赛事，设置了那么多奖项，到头来，却没能成功颁发任何一项。

令人洒哂，令己孤单，令热烈变成一块薄冰。

一直以为，自己是一个发光体，浑身透着亮。

在色彩缤纷的世界，一束一束地，照耀着具体的事物，深入着不同形状的内心。

另一种夜幕降临时候，蓦然发现，我的身体也是黑的，乎乎的黑，郁郁的黑，像一滴有了沉淀的墨水。

虚无——想到这个词，我的恐惧顺着一条线段，朝两端不住地延伸长度。

黑夜的度量衡，难以统一，就像病友们躺在床上的姿势。

黑夜的构成：泥泞，杂草，小虫，凌乱的诗句，参差不齐的梦境……

一只凋敝的手，在这样的黑夜僵硬地伸展，找不到可握的对象，找不到与尘世和解的机会。

亮光在隔壁，不能实现对一堵墙的穿越。

长出雨水的脚趾
（组诗）

张广超

一截良木

参军当年，父亲赠我一截木头
一直锁在暗柜里

谁愿意截断身体不用斧头
谁愿意欠下愧疚抛开许诺？
就这样
我目击一截木头的命远

当秋风吹来不见炊烟鸟鸣耕牛
父亲身体里的骨头极像那截木头
打造的一把木犁
斜插田垄上

无数个黎明黄昏，一截木头
代替父亲站在原来的位置
而另一截
留在了他乡

张广超，四川富顺人，军旅多年，居于北京。北京、四川作协会员。作品见于《诗刊》《星星》《诗潮》《诗选刊》《扬子江诗刊》《诗歌月刊》《作品》《北京文学》《解放军文艺》等刊物。

没有明晰之前

我对爷爷说：我要离开村子
他伤心地望着我
不说一句话

远处一片泥泞，野草枯黄
有立有伏，空空的躯体撒碎云层
我转过身，跌跌撞撞走下去
从村口走向远方

今天，爷爷不在村口
天穹之下，繁星击沉我的身影
地上的星星，是他的名字
和清晰的墓志铭

听 蝉

骄阳是你的，黑夜是你的
空空躯体，隐于纷披的茂枝
我闭眼倾听蝉叫嘶鸣，一声落在太阳那里
一声悬在山岭、平原肩膀上的月亮里

想想孤独徘徊的蝉，低垂脑袋
嘴里发出无人理解的自语，极像我
低吟、呐喊，猛烈撞击南墙的场景
寻找一席安身地

当林荫大道和灌丛的躯干突然闪现
蝉的声音，像一根柔弱的鱼骨
斜钻进我的耳朵和发痒的喉咙

祖国之秋

枫叶照常鲜红，祖国照常
在皱褶大地上，用稻穗的芒刺
抚开发烫的钢枪

我渐渐看清，茫茫的金黄
和厚厚的一层霜露
覆盖炽热身子和鲜红的心脏

谁从泥土中提取火焰
敲击回响的躯身
果园、麦地，母亲弯腰拾穗的背影
迈开大步向祖国秋天走去

雨是泪的化身

雨水，会不会像故乡云朝我涌来
带着鸟鸣、稻香
和家门口小黄狗汪汪声

河流漫过田坝，雨水逃不出一条河、一扇门
乡音落在双脚，心灵随风飘逝
慰藉炊烟的禁地不破不归

我赌注，一滴泪划落的方向
是不是长出雨水的脚趾，挟裹泥沙
无休止地砸痛我

光　影

月亮升起，我临着窗
一盏路灯，亮起微弱的光

远处，环卫工人正搬运垃圾桶

夜静了下来
仅仅一盏路灯、一个个环卫工人
我就明白了——

负重的光，正照着人间的路

一沙之缘

谁从黄沙中提取火焰，流淌奔涌的沙
疯狂地啄食我身上的谷粒
如奔跑的梯子跋涉在我前面

前堵后截，逼人的速度直击身体
一粒，坠入骨缝滴答
一粒，坠入故乡的云

我手缓缓划过天际，猛烈、耀眼
更密集的沙粒像雪样坚硬
足以让我腐烂重生，如平沙落雁的水
堵住我飞往南方的森林

坐在人间的缝隙处（组诗）

冷眉语

冷眉语，《左诗》主编，出版诗集《季节的秘密》《对峙》，有作品散见《作家》《十月》《扬子江诗刊》《诗刊》《星星》等文学期刊，入选《中国诗歌精选》，《诗歌点亮生活》等多种选本，江苏作协会员，野马渡诗歌雅集成员，现居苏州。

因果之外

一位忍受多次变迁的老人
如今，已扶不起
被风摇断身腰的小草
黑暗的角落安放着他的旧砂锅
竹躺椅。躺椅上的小棉垫
又破了几个洞
他颤巍巍地躺下
开不开口，空洞的牙床
都露着微笑
他从不与人谈起
关于一些概念或现象
不到冰天雪地，他都不肯
关上这扇门
他活在因果之外
一生被关联词使唤

隐藏的鱼

一条鱼
隐藏于巨浪

水雾遮住它的花纹
像夜幕
遮住了你。偶尔
顺着诗歌的阶梯走下来
坐在人间的缝隙处
进入一杯茶
或茶余饭后
谈谈我们的上游和早已
习惯的鱼钩

云岗石窟

石头比我们更懂得
力学与美学。它们
把一个北魏王朝与佛经
接连在山壁上

从一朵绽放的莲花里
谁能取出一件千佛的法衣
谁的祥和与慈悲
在一座山中浮现出来

我与小石雕一起
击鼓敲钟
或手捧短笛或怀抱琵琶

一股清泉从石缝隙
流下来,石头鲜活如初
它们在相互交换
我们未知的秘密

透 视

有关X片上的秘密
一棵树无从知晓
只用阴影的黑
说着缝隙的光
风穿行,在其中留下
有待讨论的空间

我不能低头看路
得站直了
才能解决脊梁的问题
也不能斜视
以免脱轨。不能仰视

一抬头,就被
天空的强光看透
我保持平视,一棵树
和用斧头砍它的人
没什么区别

冬 至

这一天,我被远方照耀
我是你的南回归线
被你直射
这一天,相距最短
思念最长
这一天,适合被闪烁的

鳞片收藏

海藏于水。一条鱼

潜入生活内部

再 现

数数我异乡的朋友

最亲密的是

窗外无名的小鸟

每天早晨四五点

它们准时叫醒梦中的我

鸟们尚不懂我的方言

也就听不出烟岚里

复苏的忧伤

我不需要它的翅膀

像蹩脚的嫁接

弄坏了我的完整

我的方言是完整的

忧伤也是

不会因窗外硕大密集的雨点

弄得支离破碎

不会因为它每天

准时叫醒我

忘记昨日的忧伤

寺院的白兰花
——赠白兰姐

在温州,我们同住一家宾馆

有人唤你

你的回眸一笑,是仙女

姐姐,你是开在寺院的白兰花

不知这世界布满灰尘

你总是爱了更爱

恨的,心如止水

我知道,一朵花的最深处

藏着燕山与大平原

当她绽放

就释放出光芒

而我听惯水声

已波澜不惊

只是,我被你感动哭了

我要怎么做,才够得上

一朵花盛开的赞誉

姐姐,你是开在寺院的白兰花

我静静地看着你

如一位虔诚的信徒,在翻阅经文

冷冽是一种拒绝
（组诗）

西 厍

泛 舟

只有湖水清澈到即使不掬于手
也能知其冷冽

只有冬天的湖水集万物之清冷
于一身，像一个

真正的沉思者凝定在思想深处
一声不响，也不惮于

人们自以为一眼看到淤泥和——
植物的根茬。它的清澈足具引力

但它的冷冽是一种拒绝
对于久困樊笼和阴翳的眼睛来说

一眼湖水，都含自然奥义
一望涟漪，都是需要转译的诗句——

冬日之湖并不致力于让人

在阅读中获得轻松理解。它并不

晦涩，但比春天的浑浊更难以触抵
诗意的核心。对泛舟者

它诺以隐秘的快乐和觉醒
对过湖的风，许以全部的水分子

惊　蛰

雨脚彻夜叮咛。
所有的话都对植物说——
醒醒，醒醒！

雷鸣滚过天际。
隔着湿湿的空气和腐殖土，
闷闷地敲冬眠者的门。

冬眠者如灌醉醐，
秘密地翻身。
所以最细小的醒和

最阔大的醒是一回事？
如果一朵花不醒，
土地就不算醒来？

长眠的人，
他的门春天也温柔地
敲过了。

他门前的草和花醒了——
他的皮肤和嘴唇。
他饮过雨，也饮过了雷鸣。

白玉兰

同样是开花
数白玉兰最无心机
一袭素衣立于乍暖还寒中
屋角或野径
都有她举身轻赴的身影

一任春风吹弄
兀自不染纤尘
一夜，一夜，又一夜
多不过七夜，就跌落一地
不贪不恋，不嗔不痴

是一首诗，风吹落她
是一阕词，雨锈蚀她
是歌一曲，每一个乐句
都被走过的脚步践踏
破碎，烂掉，化作乌有

——年年如此。被期待
被张望，被默诵，被低吟
被捡拾、轻拈、嗅闻
被薄薄祭奠，不声不张地
记念。年年如此

微苦便签

很少写到咖啡
而我正在一杯咖啡里耗去
生命中平庸的半小时

阳光照射的绿植
在乳白色提花桌布上留下
阴影。这时间的刺青

让人有点恍惚——
加了一点糖的苦几乎拯救了
我的中年味觉

它滞留在舌颚之间
浓缩了具体而微的半世况味
并试图规避

彻头彻尾的虚无感和沮丧的
暗袭——已届岁暮
一杯咖啡里酽稠的

时间罅隙刚好够我
作短暂的沦没
沦没中,敲下这微苦便签

接 承

必须先接承了这雨水和雷鸣
才能接承春天如泼如喷的繁盛

江河的浑浊和花海翻涌
鸟雀的清澈和野蜂飞舞
以及少年人在椭圆跑道上雄壮的呼喝

必须先接承了这生命的琼浆与鼓点
才能接承春天陨落的星辰和闪电

雪入竹林的声音

在院场里停车熄火。推开车门
就听见雪入竹林的声音
我熟悉这声音,也感觉新鲜、陌生
它唤醒了我部分沉睡的听觉和
触觉:令我心生暖意的
雪声凉飕飕,在我周身秘密萦绕——
我喜欢这轻柔的窸窣,仿佛蚕啮桑叶
不,没那么急促。它更像一种
穿衣的声音:一件宽大雪衣
正把偌大的竹林披覆,无数更小的雪衣
穿林打叶,也打在林下择洗芹菜的
母亲身上。但宽大雪衣在披覆竹林的瞬间
竟消隐无迹,细小的雪衣
在母亲的华发和肩头停栖片刻
也消隐无迹——年关将近
世界的静谧无非是雪入竹林
无非是母亲把择好的芹菜轻甩几下
无非是我把这小诗轻轻敲入
空白页,如小片竹林在雪声中,墨翠

远 山（外五首）

李 本

在深绿，淡蓝
和黧黑之间
从槠树叶
和苦槠枝的
细缝
沿着未名的小径
或者野菊的灿烂之黄
看

到山自己的深处去
到岩石的节理
到隐蔽的茅屋
或者洞穴
看

在车窗里，人群中
看

在静穆和无限中
看

以臻于
在看不见处
还看

鸥鹭忘机

海浪憩息之际
鹭鸟回落到礁石上
背对着飞卷的云
享受刹那
潋滟的掠影

它记起了什么？
城邑间的一条街巷
那里曾穿越过的前生？
一条黑骏的狗
一整墙的炮仗花
曾为它热烈护驾

或者
虬曲的相思树下
那里整日蹲着一匹石马
一株非洲芙蓉
以淡粉的花束
俯就过它
孩子们嬉戏着
拢过它的石磐

此时江南

我愿意偏安在
西府 东篱 烟雨
一条田埂或者茶园
风声过耳
云
可见又不见
你
也可见又不见
春酒漾漾
只适合掬手
适合慢慢
滴灌一条河
浸润一座山

春 分

匆匆的
杏花和着小雨
落满山河

我且只有
一株池塘柳
摇曳波光
也只捡拾到
一声鸟鸣

拜 秋

江鲦子游过
芦席篷船的罅隙
水是活的
双桥是动的
满城满乡都是香的
要是再不微笑着
立在桂花影里
桥上的石狮子是要吓吓你的

苏州河小立

爱明媚的波光
也爱两岸斑驳的锈迹

爱启航的船只
爱沉淀的故事
也爱繁花的落去，晚云的敛迹

爱勇敢的奔赴大海
也爱千折百回的黯然退却

爱云的吹拂，雾的侵袭
爱这半城复杂的陆离
也爱你缓缓流过的简单的深意

凡有柳树的地方

（外四首）

刘希涛

许是家临长江
柳树喜水
便有那最早的
—— 一抹浅绿
—— 一抹鹅黄

柳色青青
柳丝长长
我和小伙伴们
把它编成圆环
——戴在头上
卷成哨子
嘀哩嘀哩——
吹闹大街小巷

直到把柳条
插于门框
——插柳驱疫
——戴柳辟邪
折柳扫墓处
魂断短松冈

等到柳絮飘飞
——柳烟荡漾
我背上行囊
告别父老
告别家乡
凡有柳树的地方
——便能扎根
——便能茁壮
便有美丽的传说
便有迷人的风光

谷雨时节

"不时不食"
孔夫子告诉我们
饮食要应时令
这个季节
正好吃"春"

首先想到吃"三头"
（香椿头、马兰头、枸杞头）
嗜者尤众
香椿芽切细
马兰头洗净
枸杞不仅煲汤
饥人视作山珍
还有桑葚
谷雨采摘
可谓时新

奶奶的小脚粽

粽箬飘香时
想到我奶奶
她裹的粽子
和她的小脚
—— 一样好看

那是儿时
我偎在她身边
看她取两片箬叶
圈成一个漏斗
先放糯米
再放红枣
也有浸过酱油的
五花肉和板栗
抽根棉线用牙齿咬着
把"小脚"缠紧
奶奶说这是千滚粽
不扎紧就会松开

粽子裹好了
放进大锅里煮
大火转小火
奶奶这才坐下来
搂着我哼起了歌谣
在飘香的端午之味中
我流着口水睡着了

更有雨前茶
色泽翠绿
叶质柔嫩
让你细细品尝
这茶中精品

呵，谷雨时节
江南塞北
处处升温
春花春雨
空气湿润
繁装褪尽换轻衫
长街雨洗净无痕
坡上芳茗露华鲜
一树樱桃带雨红
人间四月正芳菲
春风一夜满乾坤

离开了奶奶
再也吃不到她裹的小脚粽
尽管"五芳斋"的粽子很出名
总不如奶奶裹的好
让我一想起来
——就口内生津
——就泪花莹莹

听鸟儿说话

"听,鸟儿在说话!"

我停下手里活
竖起耳朵听
果真有两只鸟儿
在我家阳台
"骨里—— 居居!"
"骨里——居居!"
—— 一问一答
—— 不疾不徐
形同一对情侣
在互致早安
—— 高低错落
—— 清亮明丽

"喊喊喊"……
"叽叽叽"……
一声落下
一声又起
—— 既热烈

—— 又亲切
宛若一对老夫妻
不争不抢
婉转平易
此时,夜幕降临
—— 家人围坐
—— 灯火迷离

呵,多么温馨的画面
呵,多么美好的家园
敬礼!每一棵
—— 粗壮的大树
敬礼!每一声
—— 动人的鸟啼

我的生肖

一提起猴子
就想到孙悟空
一根金箍棒
一个筋斗云

怪不得小时候
拿来祖母的拐杖
撵得鸡飞狗跳
惊动街坊四邻

猴子虽说调皮
做事却也认真
还是那个猴王

磨一朵莲花（组诗）

牧　野

苦练七十二变
笑对八十一难
保护唐僧去取经
历经千魔万蛰
——普度众生

而我这只猴
——立志笔耕
做个作家
当个诗人
便投笔从戎
又进厂做工
——扎根生活
——扎根基层
不问收获
只顾耕耘
——杜鹃啼血
——金鸡司晨

我就是这只猴
终生歌唱
终生劳碌
——无怨无悔
——无比虔诚

磨镜台

磨一朵莲花，抬头
可望明月
磨一块顽石，人间
就多一抹清白

若想，精益求精
可在南山，磨一根铁杵
将漏风的天空，密密缝上
让草木，尽沐春晖

以人为镜，可看清
忠烈祠、何公馆、祝融殿……
还有尧舜禹，因何祭天

明镜非台，绝非
砖石、朽木，抑或功名筑就

若想，抵达峰顶
必须将高高垫起的
鞋底，磨平

水帘洞

天下名山，都隐有胜水
衡山，也不例外

从"朱陵洞天"拾级而上
汩汩琼浆，携着清新气流
将游客裹入水墨之间
把一湖碧水，灌醉

石壁上颤动的，白涟
半山，小桥流水
用干练，和窈窕的身姿
演绎着一曲，新的《云宫迅音》

鱼鳞般的，水波
从石滩上，潺潺流下
一条条锦鲤，蹦跳着
跃进了，诗的意境

原生湖

如果把这湖水抽干
天，还会不会是蓝的？
蜿蜒小路，还会不会继续向上
向上攀爬？

在这摸鱼的季节
很难辨别，水的颜色
南岸是芳草，北岸
还飘摇着枯蝶

仅仅一阵风的光阴
天，就变了脸色
来去匆匆的路人
紧紧捂住了，衣领
生怕，有什么邪气
侵蚀了，本就不怎么硬朗的身骨

平静的，泛起涟漪的
波涛起伏的湖面
可以衬托起，分明的四季

如果把这湖水抽干
拿什么去，滋养
无限生机？

年

一个黑洞，一只
张开大嘴的兽
吞噬了远古，咀嚼着
昨天和今天

街角的歪脖子树
一串串没有灯的笼
把一树春风，锁死

清空杂念
染红一张白纸，颠倒
抚平，终究无法竖起一个
堂堂正正的，福字

遗下的几个汉字
挑挑拣拣，爆炒，晾干
高高挂起，宣示
这块，最后的领地

新望梅止渴

胸怀千军万马
手握乾坤互联
回车一键，呼出了百亩梅林

马放南山，口中留津
怎奈山高地远，望断秋水

思旧日，母慈子孝
农耕桑田
栽几株红柚，种一片青梅
一年四季，满院果香

方寸之间，穿越来回
回眸轻笑，纤指一点如军令
一骑红尘外卖到
千里杨梅化汁来

展望古今，盛世何年
上天摘月，入海擒蛟
万里江山，昼夜来回一瞬间

感慨万千，幸生当今
英雄，无需煮酒
布衣，也可望梅

故乡帖（外五首）

严志明

梦里难忍时 就醒来
用月光点燃一支烟 燃烧自己

一朵愁云从远方飞奔而来
熟悉故乡的味道 那是你的苍味
与沧桑岁月相比 你更显苍老

一个不起眼的山座 任年轮碎片 老去时光打
　磨
落日　你的镰刀和锄头
在握紧弯曲泥路里生锈

月亮如钩 扯着的背影
越来越瘦长 蓑衣斗笠里
只有风雨陪伴 星辰与你对视 你
总是 挺在上空 打量脚下 守望的田地

风 停住了脚步
思念将脊背弯如明月
鬓边染成风霜
留下 所有命运的沟坎和心系故乡
与一背篓漂泊的泪花

春天来了

挺拔风帆 鼓起 撒野地叫着
在大千世界 每个角落 填写独白
想象和自由蔓延
万物说心里话 惊奇

摇曳的叶脉上 吐露新芽
小草闻着春的味道 泛出嫩绿的光

那几只鸟翅 啼叫
从一棵树飞向另一棵树
所有的鸟语 涟漪般的旋转
直到接近另一朵远去的云

恢宏催生的气势 浪漫的词语
在山间 河流 原野上倾泻着
被春风 一遍遍亲吻

万物蓬勃生长来自有思想的地心
阳光翻阅 足以令世界动容
那些唯农者泪水或汗水 落地生根
春汛里辛勤的故事 鲜活 吐出光芒

山里唯农者

你住在山脊上
行走在山间 山谷和山地
在岩石枕上 落满

旧梦锈

一间石屋矮小 稀零和鸟兽
收藏严霜的一丝苦心
一条皱纹干瘪的山路
孤鹰掠过 疼吧 哭叫出声
它们喂养山地生长出的孤独

山野的轮回你忙着采摘 收获
顶风雨 把命运的种子
山地上种植的
旭日 落日 星辰及狗吠声
远处的谷渊荡荡
草木叶子 开始流动着阳光的颜色

一块默然的岩石 倾听你在睡眠中呼吸
进入你的体内和灵魂
像温软地舔舐你生命的伤口
热爱你的鸟儿 持续的叽叽喳喳
静静仰望

桃花又开了

山上的桃花又开了
燃烧着天空
有它们苦笑声 滴入草地 日记 星光

山那边有村庄 遥望
目截一片花海 若水 潺潺的
誓言 洇湿了谁家窗棂

你的沉寂小院 走来的月光冷漠与凄厉
遥望的星空 那么多蓝 其中闪烁星光的片段
虚掩这里一种孤独

一杯等了很久岁月的酒 搅动了夜色
与父亲对饮 喝下的泣血 愁肠和苦泪
交融的千言万语 心头燃烧 醉了又醒了

遥想酒杯里的影 那是他的依旧背影
酒杯在晃 他也在晃
那些故事 那些消瘦面容和佝偻背影
在中秋的月光里走来 温暖一树花开

溟溟绵绵
不逝的花香 一庭花树
一群欲飞不飞的蝴蝶花

你 一路沉甸
望天望坡 足以风尘 遇见
一季花开芳华 山山水水的春韵
破土而出 惊呆了

春风跳跃的心 飘落了
雨声 拱起了 拔节声
不负春天的使命

乡愁宛若一粒音乐
无始无终缭漾
月光如水 带走父亲种在故乡的童话 往事
残留 抱紧远去时光
只乘月色 似梦非梦

写 生

宁静的天空 那么蓝 画板空着
湖边的鸟鸣 忙于调色 云朵在纸上观察
那些深深浅浅的线条生长 延伸
阳光开始流动叹喟的颜色
静静地凝止住
树上叶子 全部眼睛的张望

思 念

一朵云 要是能停留脚步
就可带上我的长久思念

时间 蹲在浅墨的边缘 若隐若现
有只雨燕 青葱展翔 猎奇

用翅尖姿意剪开 江河水的清亮

走失了多远的
那些伤神花草 已如
粒粒温暖的词 吐出幸福的芬芳

五月的蝴蝶起飞太晚 如
一枚娇艳花 呈现于蹉跎的岁月
像一只掉队的秋雁
有些自由 总伴着伤感与悲悯

彼岸的孤独人 一如
漂泊的孤舟
在荡荡水面读出声

多年以后
翻开老照片
那时 苍凉岁月的画笔
优美雅韵

他以沧桑作画
画生活与自然
光的世界

读书笔记（组诗）

许丽莉

名叫富贵

老牛很老了
还在田间忙作
横横竖竖交错的黄土地
就像它皱巴巴的脊背
犁不完的地
就像还没走完的生命

老头也很老了
就着太阳和风
讲着自己的故事
有关贫苦、磨难、生生死死
用最寻常的词汇
同情绪无关

老牛就是老头
老头就是老牛
它们，名叫富贵

天未黑
故事未完
只留下背影

继续着
长长而未完的一生

千里江山

曲折绵延的江河山川
伏卧于这片土地

千年前
身着织锦
深躬于皇家画院的他
用浓墨重彩的青春，渲染画卷
描绘着荡气回肠
正如他的生命、他的王朝
立于顶端，烟花般璀璨

百年前
身着暗装
隐匿于暗夜下的他们
用渐热的鲜血，一滴滴
将黎明点起
正如他们的生命、他们的国
跌宕起伏，却百折不屈

而今
一位书写者
将这些故事用文字串成梯子
攀往山峰之巅

山顶的碑文
足迹和目光所及
是千百年不断描摹
古老又崭新的
千里江山

读木心书

很久了
时间很慢
在出口成章、落笔于册的书页里

荒蛮、愚昧、背弃、冷漠
贯穿于生物和星球的生死之间

它们是散在的珠子
被一双手
聚集、串起、盘弄
珠帘或珠席
搁在风必然经过的地方

不用逃避
避无可避
更不应厌恶
被点燃而升腾的情绪
是披着五彩外衣
善于扑火的蝶

在渐慢的时光里

深入，看珠子
在另一轮飞速旋转的隧道中
努力拼搏
光彩夺目

丰 碑

望着前人竖起的一座座丰碑
他把仰头而见的天蓝，以及
刀锋下圆或锐的笔迹
刻进了心里

就如脚下的黄土和碎石
嵌入了足心，有些疼
却忽略了滋生的暗红和脓肿

贫瘠的大山深处
细弱的水柱挂在陡崖上
就如他的身子
每天托举起太阳或月亮

"山外的天地应该很大
和我的心一样大"

多年以后
他也成了丰碑
却在一次地表震颤中
瞬间崩裂
和黄土、碎石融在一起
不被他人辨识

人间走笔

乌云压境的时候
笔端的墨水也惴惴不安

一场大雨正躲在不远处
窥探着人间
或许还有雷电在侧

就如
一直浸泡在人间的珠笔
满腹的话语
即将在纸页铺陈

有益或无益
静候一场
倾泻而下

回 家

风也温和
同海浪一起慢慢摇晃

摇晃成故乡的民谣
摇晃成金黄色

我也沉默
同船舷一起融于深蓝
看纤瘦的海
一口一口吞下太阳
吞下他们的青春
吞下，我的影子

远岸，闪闪烁烁
像甲虫也像星子
轻轻喊亮我的目光
喊我回家

断章或永恒

举起秋风
就像举起剪刀
在树梢轻轻一挥
三两行字，便掉落了

再来回摩擦
整树深色的叶子
断了句，碎了篇章

愈多的空白
停留在纸上
就像很早很早的春天

然而，梢间纸缝
烙下了深浅弯折的痕迹
告诉着
被风拉拢来的目光
四季和一生

坐进被银杏叶铺满的时光里
读着金黄
读着我们

写在最后

翻到最后
是一本书、一个时期的告别礼
就像窗外
已然堆积满地的黄叶
用最虔诚的态度
写满了对过往的眷恋
或许更是放下

河水尚未停止流淌
将经年泥沙
淘洗一遍又一遍

无数的开端在岁月之下
崭新而未知
它们推着时针
循环往复

乡 愁（组诗）

苦 艾

大 雪

大雪的前夜，我问寒风
明天可有雪来

我路过的村庄
寡言少语，空落落的坐在
一到冬天就犯的咳嗽里
像一枚闲章，印在季节的留白处
呆成一种等待

不管雪来还是不来，身居异乡的我
心里早就积下一层厚厚的白

季节愈走愈冷
雪，不知在什么地方搁浅
却有乡音，撞痛心怀
那是谁，躲进远方老屋的深处
将一朵火开在泥炉上，借一根竹笛
把乡情倒了出来

此刻，我是多么想
掏出心房里所有的白
逼出行囊里的寒气
让很冷的乡愁，春暖花开

立 冬

野瘦了，树裸了
季节，卸下沉重的绿色
摇着枝头最后的那片黄叶
在秋丰的喜气里，立冬

推开时令的门窗
天气，说寒就寒了
可埋在心中带火的热情
怎么也按不住北去急驰的风

风中，白露早已凝霜
霜按时降在他乡
我穿着一双不跟脚的布鞋
独行在远方的远方

此刻，多想为生我养我的村庄
送上一份有温度的祝福
而很穷的我，只好用诗
为薄衫的白发双亲，做件换季的衣裳

与一朵云对视

与云对视，看到了一朵天空上的花
成为追我回家的眼睛

她借目光的梯子
从蓝里一步一步走下来

风尘，白了又白
瞧一眼，是暖絮
再瞧一眼，是乡愁

寒　夜

风，行走在黑里
任飞雪敲窗

门缝透着寒，老屋一阵阵冷
母亲捧一笪箩呼啸，飞针缝夜
为我们的漏室，打着补丁

风雪夜

今夜，在远方与风雪同行
深深浅浅的脚印，歪歪斜斜的长

我将行囊里的一无所有
写在行囊的一无所有上

然后，在一个有温暖的村庄
在一朵雪里，睡得很香

路过人间

一只伤翅的鸟
翼下，是必须经过的地方

那里老屋拥挤
炊烟却很稀
守着荒凉的，仍是
土里刨食的人

土地上，谁咳的血
那朵殷红
让一个生灵，怎么也躲不过
村庄揪心的泪光

诗境与画境：
"寄寓深遥"的审美创造

——读戴卫的画与周庆荣的散文诗文本

黄恩鹏

伍蠡甫在《中国画论研究》中认为："绘画虽然不能像禅宗那样不立文字而废除形象，但是要求笔墨从简，方能突出意境，寄寓深遥。"（北京大学出版社1983年版，第113页）戴卫的画，不能视其表，而应观其韵。诗境与画境，就在于"寄寓深遥"的神韵。灵机触发的审美创造，笔墨语言，以诗感说出。诗与画的表现形式、媒介的手段往往不同，但是，创作灵感的发动，在我看来，确是相通的。万象物色，感发志意，引譬连类。寂然不动而应无穷。古意的笔墨，以静默的姿态呈现，以诗句的声韵，让鼓钟低沉发声。《怀素画蕉》，不见字，见蕉叶。对应了"千树万树无一笔是树，千山万山无一笔是山，千笔万笔无一笔是笔"。（恽寿平《南田画跋》，沈子丞《历代画论名著汇编》，文物出版社，1982年版，第329页）

由此，有着哲学意味的诗文本，便会从画境中诞生："老风被那个叫怀素的人书成一叶芭蕉，芭蕉长在江南。""戴卫在远离宫殿的地方，画一个与世无争的人，这个人又画了一叶芭蕉。我希望这一叶芭蕉只是一棵寻常的树，春风可以拂面，但风暴与它无关。"解衣磅礴，抛弃法度。点墨落纸，大非细事。

人总能从自然的灵趣中获得诸多行世道理，诗是对古之经典的另一种解读："庄子的智慧在于，让自由自在的事物和自己无关，只做旁观者。尊重鱼和水之间的感情，旁观的力量大于直接介入。""观鱼，能够看到哲学在鱼尾甩动，浪花是我们现实的需要。"（《正确的观鱼态度》）庄子之所以要作逍遥之游，乃是想超越时空的有限性，寻找到"无何有之乡"境地。除去妄执，画竹画石。"入世"心态，与自己有关。"出世"孤踪，亦与自己有关。观鱼,观自在。鱼在水中有如悬空游无所依,生命精神的符号在微茫的时间里隐跃欲出,是文本要表达的。也是见性明心,诗见精神;也是明道见理,诗见秩序。心灵在主客相通中获得神谕。笔墨是柔韧的,没骨有骨。人物内心是诗意的。志存江海,理想千仞。圣者用心若镜,便是无我。

心性的修炼到了一定程度,果然能心静如水若镜,天地之物态精神毕现无遗。"虚静恬淡寂寞无为者,天地之平而道德之至也。"(《庄子集解·天道篇》)《壁前心语》有思辨性:"把常用字选择好,它们有着芸芸众生的体温。如果写成一篇文章,文章中定能读出田舍、稻谷和麦地。读出声来,人们听到了蛙鼓蝉鸣,鸡犬相闻。假如遭遇黑暗,豆油灯和萤火虫仿佛发光的蝇头小楷。"历史可以当作现实来读,现实可以当作个人的精神史来读,墙壁可当作一种灵肉之境来读,静肃也可以当作理想本身来读。诗画同臻,画境生发品性。品性达至虚静,精神内敛,默然返照,本质问题就显露了出来。何人不是壁?何人不是面壁之人?《回声》之于《见证者》:"从开花到结果是一种回声""如果谁想画出回声,就先勾勒出人们的姿势。""出岫的云、臣服的叩拜、鼓足气的心跳,它们都是回声的证据。""见证者与时间同寿。"黑与白枯墨拖出的衣髻,没有颜色,只有黑白之墨在说话。世界是黑白的,别无他色。黑与白在融合,在撞击。笔墨迤逦成了诗的源脉。既是"生活态度",也是"开花和结果"。笔墨的语言,已然注

解了人们所思所想。回声,不用大声啸喊,也不要窃窃私语,而是静默。人们静默着,但都能听见彼此的心跳,都能听见远方的声音。尺幅有骨血,浑沌放光明。墨行天下,诗思在焉。

《围棋》是一幅趣味性画,棋道珍珑,两侧似大军对垒。对弈老者,观棋汉子和女人,身上衣裳,浓墨点点,又似是棋子。墨斑是画家随意点笔而成。中间一小童,隐喻绝处逢生的新岸。局道可大可小。亦是对一种命运的判断,大至国家,小至个人。群体与个体。都需要一种布局。开始与过程,但终将成为结果。诗人写:"别人自可拥有开阔地带的风光,我只需一个小小的角落。""一个小小的角落,也可以蔑视整个江湖。"同样画对弈,《智者》却与之不同,两位披着氅袍的老者在天地间对弈。面前棋子寥寥入局。以老墨画出两块大石,厚重、坚实。中国画讲究"墨以破用而生韵,色以清用而无痕""岂知一色中之变化,一色以分明晦,当知无色处之虚灵"(笪重光《画筌》,黄宾虹、邓实合编《中华美术丛书》北京古籍出版社1998年版,第1册第25页)。用墨自下而上逐渐浅淡。其境界、意象和诗思,容括其中。智者,即是思想者。对弈的两位老者,或者是老子与庄子,或者是孔子与墨子。智者头颅皆如山峰,亦似苍空浮云。二位老者微启的眼神,全部凝虑于棋盘。纵横经纬,大文章也。依然是黑白笔墨,只有钤章是红的,浅浅的印迹与铁线篆居于中心位置。思考得出答案。"智者知道天在天上,

智者知道地在地下。人群络绎不绝的世间，一种力量叫进步，一种力量叫保守。"观棋不语，但是诗人要说的，是一种智者的格局。"允许偶尔的一些风云，世界的悬念止于一场虚惊。"杜甫形容诗的最高境界说："精微穿溟涬，飞动摧霹雳。"（《夜听许十一诵诗爱而有作》）读透了画理精髓，即能析出思辨的诗句。

中国画对墨的使用可谓极尽变化之道。墨分五色。笔墨相和，五色遂生。"墨生于水。水者，字之血也。笔尖受水，一点已枯矣，笔墨皆藏于副毫之内，蹲之则水下，驻之则水聚，提之则水皆入纸矣。捺以匀之，抢以杀之，补之，衄以圆之。"（陈绎曾《翰林要诀》，《历代书法论文选》，上海书画出版社1979年版，第479页。）看不见江水，江水弥天漫地；看不见怀抱石头，石头压在内心。看见了落叶，王朝凋落之征象。墨渖浓淡，不需太多色阶，轻捻笔尖勾出衣袂，重笔扫出袍袖、散开的头发、凌乱的胡须，简直就是最好的笔墨人物速写。大块留白，突出了江畔人物。这是笔墨画《离忧》的意境，怎能不让诗人心生波澜？"爱你的人，不懂政治，她浣衣，兰花在她身旁幽幽地香，君王的脂粉涂在地狱的脸庞，大鬼和小鬼只能是鬼，魂如骚体的诗，江水是饮不尽的酒，从此，你想醉就醉。"举世皆浊我独清，众人皆醉我独醒。较好表现了冷瑟天地诗人的绝望心态。

《猴戏庄重》是北宋画家易元吉离家远游，师法自然，寄居山野，揣摩自然风物，明晰了艺术创作师法自然的重要。黑与红，静与动。寿桃与老人的手，对接之中的沟通。猴毛的枯墨与人的袍衣的彩墨湿晕，很好地比对在了一起。亦似人的情感荡漾。天地高远。老者似乎孤寂，但又并不孤寂。全在于人与猴的精神世界，是"意"的相通。诗人这样写："背后站立的提防和前途中的障碍，人生是否注定要在时间的刻度里删除数不清的漫漫长夜？至于元吉戏猴，我认为是猴戏生动了人类。"反向意义的思考或许更为深刻，猴与人，真正的主角是谁？司空图论诗，对难言之意采取委曲、形容、含蓄，诸法亦得之。诗用只言片语，便得思辨："那些率真的人，才是真正的永生。"人生难得不作假而真实，如同随心所欲的一场猴戏。意有不可直言者，不得不曲迂地说。曲是为了直。虽是用曲，却直接感知生存的隐喻。

蝴蝶落在头上，宛如发髻。人物亦如蝶，精神亦如蝶。画中的人物、书法与钤章，有效钳合，对衬得当。于是诗便有了灵趣。《蝴蝶必须在飞》写法轻灵，有隐秀之美。诗人这样写："不要给一只蝴蝶准备一片花海，要让我有梦。""每一个人可以大，大过庄周和他的梦；每一个人可以小，小如庄周和他梦中的一只蝶。"完全契合了《庄子·齐物论》："昔者庄周梦为蝴蝶，栩栩然蝴蝶也。自喻适志与，不知周也。俄然觉，则蘧蘧然周也"之生命理想的指认。庄子美学更是一种生命美学，核心是：超越本体束缚，飞向无限自由的精神状态，便是人生的最高境界，亦即"道"与"非常道"。中国哲学研究常常使用"负的方法",特别是对"道"的阐释,并不直接说清楚"道"实际"是什么",却只说了很多的"不是什么"。这种"负的方法"有其必然性,"道"不可言,或者说不清楚,即以物象存在,或者行为喻之,从而让人明白了"道"到底是什么。中国画如此,诗文本亦如此。浅浅和一笔,喻指山川之静远。或以大块留白,来驰骋想象。总会使主体在与客体的距离中捕捉到某种主客相契的情境。

笔墨润染出了逶迤的山岭,稍重的墨是森林的轮廓。以散笔来擢出近处的松林。山有松而永恒。墨有跤跎之佛的形态。自然泛灵,一切都是生命体。《人间烟火才是万佛之佛》(《峨眉山之万佛崖》):"看!又过来一位体魄健壮的男子。他喂养了马匹,耕种了土地,并且收获了庄稼。他裸露着上身,背负着他的母亲,攀援而上,他要给母亲地面上最美好的高度。阳光趴在他古铜色的皮肤上,每一滴汗水发出神性的光芒。"人是佛,佛是人,人人是佛,仁慈善良的大地是永久的伽蓝。既是普遍性也是特殊性。有相对性也有辨证性。是禅宗所言"直指人心,见性成佛",佛性即善的人性,是平等心与平常心。宗炳在《明佛论》中说:"佛国之伟,精神不灭,人可成佛,心作万有,诸法皆空,宿缘绵邈,亿劫乃报乎?"概括了佛教宗旨,即以"精神不灭"为要义。关公云长是"精神不灭"的民间圣神,身映如日,心清如风。"夫精神四达,并流无极,上际于天,下盘于地,圣之穷机,贤之研微。"

王维亦如此。《王维诗意图》诗:"王孙一个都没有留下,只有我穿越千年去看你。""如此一坐,人间又能越过千年。"明月和松树、山间的素衣参禅的诗人和远处氤氲的夜色。王维是画家,也是文人画的先导。他的画,无论人物还是山水,皆为觉照,他将生命诗学与诗的美学融在了一处。审美观照无疑是意向性的。也就是说,观照不可能是无对象的,而是有觉照的物象的存在。也因此,人的周围,是自然的万象:看不见水,但能听得见水流,甚至能听见松下虫鸣和鸟啼。明月是有声音的,独坐的诗人是有声音的,是透过了松间回应明月的烛照。当代诗人、当代画家与古代诗人以审美对接。独坐幽篁里,弹琴复长啸。"是我自己时常在深夜独坐时的模样。"诗的美学"出发于人物品藻"(宗白华)有了人,风物才有审美境界。

一方宣纸,中坐垂钓老者,一竿从膝下斜斜伸出。这是《寒江独钓》的意境。上下左右,大片留白,不着片墨。但是,观者已然看见了万物——这是中国画的妙处:空白,可包容一切。竿之所在,当然是水,当然是水中的鱼。那片空白,可以是"左右此何水"之清澈,可以是"去天才尺五"之广袤,可以是"三万六千顷"之阔远。头上,可以天空,可以云霞,可以光影,可以流荡轻霰的凛风。更可以,是高耀明亮、刺眼如灼的阳光。或者只需淡淡的一笔线,一条大河就汹涌地形成了。全在于构图的需要。是灵气的流露、意象生发所在。笔墨晕染、湿笔与枯笔,皆可用之。小笔勾勒脸线，中毫侧锋轻扫出素色布氅。黑白（留白）对比，就有了无限空间感。托出了高士的卓荦不群。等等这些，正是诗人需要的"感神""畅神"的那种境界："我在江心甩竿，将线放长，水深不可测，沉沦的太阳因此深不可测。春天还在远处，水不暖。""有了太阳的天空才能不让人们失望。戴卫把江画寒，把太阳画在水底，他和土地上的向日葵开了个玩笑，然后，他画了个垂钓者，别人钓鱼，他钓的是太阳。""我"和"他"，可以是柳宗元，可以是高士，可以是普通人。但是，只要灵魂清澈，品格高贵，就可以坐下来，迎受天地澡雪。此黑白之境，是老子所谓"负阴而抱阳，冲气以为和"（《老子》第42章）的人生境界。

从古典中提取故事，体现心性的修为。画面中的人物，一定是安静的。也一定有着禅定的姿态和内心。画家所画，须臻于其境。画人物的内心世界最难，诗的体验也是最难，就需要一种觉照，从而印证，燃亮内心的那盏灯。《半日读书半日静坐》之《辨识自己》："半日读书，我对别人的生活充满敬意。半日静坐，我想给自己的生活留有余地，然后，认真地热爱这苍茫的人世。"心为法本，心作天堂。读书与静坐，都是人生修炼的方式。也是静思的一种。画面老者裹紧暖裘，累了稍打一下盹儿，然后再翻书阅读，又似合书瞑思。浓墨画发髻，轻笔勾躯身，不加背景物，读书忘了周遭。唯书在面前。书让生命饱满。慧远说："鉴明则内照交映，而万象生焉。"静思，带来的是澄怀味象与涤除玄鉴，与老庄的"虚静"说同理。闲居理气，披图幽对。浅浅的墨，浓浓的墨，溢出了暖意。读书、静坐，与天地沟通，与圣者对话。"何尝见明镜疲于屡照，清流惮于惠风？"（《世说新语》）因此可以"疏瀹五脏，澡雪精神"。（刘勰《文心雕龙·神思》）诗和画，以"大静"来进行有效的搭配。

"无边落木萧萧下，不尽长江滚滚来"《登高后再俯瞰人间》（《杜甫登高诗意图》）所呈显的是高处不胜寒景状。褚色小墨，点染出了仍有生命的枯叶。那些叶子，像蝴蝶，被清风一片一片吹落。落叶让诗人看见了风。风是可以画出来的。随风而来的，还有长天之上鹰枭的鸣啼。枯墨骨法画的树枝，让画家看见了生命的韧性。古诗人把登高望远作为人生的一种修行。登高一望，天涯可见。登高而啸，热血挟生命的体温攀风而上。从而有了"一览众山小"的兴情。当代诗人这样写："登高了，不趟浑水，不身陷泥潭。我只说落日熔金，说满山的红叶生动了黄昏。"超越现实裹缠，使得精神自由舒展。画家画树如行草书，劲健枝条围在身前身后。登高而浴清风，周敦颐般"净莲"情怀。登高即脱尘。登高的人是怀揣理想的诗人："晚霞里的人间渺远。"可回溯千载，亦可驰骋百代，是生命诗学，更是心灵哲学。

"三吏三别"是现实主义代表作品。《石壕吏》是杜甫的一首杰出的现实主义叙事诗，写了差吏到石壕村乘夜捉人征兵的事，年老力衰的老妇也被抓去服役，揭露了官吏的残暴和兵役制度的黑暗，对"安史之乱"中的人民饱受苦难深表同情。画家以大面积的湿枯笔墨皴擦润染，托出了一面如墙壁般的背景，隐喻老百姓无路可走的社会现实。此画面没有画出老妇，而是画了一个病弱的、孤独无依的拄杖老汉。元文本、画作与散文诗有了互文比照。更加深了底层人民生活不堪的场面。读到了诗人经过了内心剪裁了的事件画面。诗人这样写："太阳升得再高一点吧，当初的红艳艳的血性只需一点点的高度就会发出更大的光芒。人间的每个角落应该被一视同仁地照亮，那个叫石壕的地方不再黑暗潮湿。至于那个吏，我已经把画面上长长的跋文读成对他的判词。"（《我不能让他的眼神继续悲伤》）

顾恺之的"传神"是指人物画。"形"和"神"，既是一对哲学范畴，也是一对美学范畴。作为美学范畴的形神概念，是作为哲学范畴的形神概念中生发出来的。山水以形写出，是画家高深的修炼。宗炳说："神非形之所作，意有精粗，感而得，形随之；精神极，则超形而独存。无形而神存，法身常住之谓也。"《巢父》大写意的山林，其实更是亮点，人物次之。内心认同"神不灭"本质。山水质有而趣灵，"巢父买山"的故事耳熟能详。"他的明月松间照，他的生命清风为伴。不惹是不生非，别的得意和辉煌热闹在别处，他想自己慢慢地活着，改变人群的名字，神仙也能在人间存在。""所以我梦想着有人带着我们走出岁月蹉跎，巢父不在队伍中，他在一棵树上，树在某一座山里。"画面以庞杂的高深林木或荆草作为渲染俗世的复杂繁乱。"隔开"是一种生活态度。也是不想逾越的樊笼。巢父也好，许由也罢，其实不必纠缠于"买山而隐"。复杂与简单，心灵绵邈者，世界是一目了然的。

"实用主义和功利主义的条款下，我大概知道人们下拜的原因。可是，神明在我们身旁。需要信仰才能感知它们的光泽，米芾比我们先知道石头的意义，所以他拜。"古人画石很多。五代徐熙擅画竹下奇石怪岩、宋代赵佶和米芾擅长画石、明代陈洪绶画《米芾拜石图》、明代米万钟更是画石高手。戴卫《米芾拜石》是一幅有趣的画。画石的转锋，勾勒石头轮廓，立体、灵动，无笨拙之感。人似乎是客体，石头则成了主体。寥寥几笔，即现凸凹。石的坚挺与人的躬身，形成了明确比照。用墨不像以往，将石头以褶皱深浅，施以枯墨，其形似八大《秋花危石》花朵之上高耸块石或《鱼鸟图》两鸟踞其上之石。人物与石交流，石也会有人性温度。石头回答了时代的密辞。石头替画家说了说不出口的东西。当你凝视一块石头，石头就一定会说话。当你大声对石头喊啸时，石头是有回音的。石头是史记，刻标的一定是时代精神史和人类生命史。从此观念出发，诗意一下子漾开了："米芾说：有一天他走远了，石头也在。石头说：太冷漠是人类的事，兵荒马乱或者夜夜笙歌终究要远去。我在，懂我的人也会在。"

《长城》画面语言强烈，有冲击感。画家别出心裁，并没有画一道逶迤的砖石长城，画的却是人的躯体柔软线条。线条是美术的根本。线条是造型上乘元素。那些曲线，将律动的肌肤表现出来，绵延成了一个整体的"长城"形状。看不见人的脸，只有身体。组构了多线条图案。又像急风暴雨般的诗。构建层次，密不透风，重叠交错。黑白杂沓，喻众多故事。这种笔墨画法，注重整体。"启示录"般的"节律感"与画的"意义母体"（砖石长城）进行有效缝合。实际形态的长城，被隐形的躯体解构或隐藏，进入到一种实质性抽象领域。画语与诗语，双重显现，更为震撼。整体呈现的是人的内涵而非物的形状。"初衷伟大时，祖国的版图可以同时铺开春夏秋冬。不想惹事生非的时候，风雨在外面，我们在里边。"诗人冷静审视，走到了一起的"肉体的砖石"，是砌上了再也拆不开的"城墙"。画面：肩膀、脊背、手臂、腿骨、头颅、头发、背向的脸，或隐或现。诗的隐喻，亦或隐或现。

《酒魂》有着狂态、酣态、癫态，其实更是各阶层的人的状态。所有的衣线全跟着人的情绪动了起来。醉的神态，勾肩搭背的、双手抱天的、仰天大啸的、摇动酒瓮试图再倒出一杯的。眼睛圆睁的、瞑闭的，甚至是半睁半闭的，集合了人类的情绪内容。既有"对酒当歌，人生几何"的醉饮，也有"黄金白璧买歌笑，一醉累月轻王侯"的痛饮；既有"酒后高歌且放狂，门前闲事莫思量"的纵饮，也有"明月几时有，把酒问青天"的豪饮。都是"民间饮酒"图式内容。酒魂是流动的，笔墨是酣畅的。酒反观民间态度。人物之间，以点点彩墨的"麦粒儿"填充，

酒瓮和酒斛也是一种隐喻。诗人从"酒的海拔"笔墨里，读到可言说的。"第一杯：荡去胸中浊气；第二杯：血液仿佛泉水那样纯净；第三杯：奉献含蓄在心底的豪迈，准备原谅一切伤悲。""你看，市井人声鼎沸，管他什么囤积居奇，管他什么待价而沽，左手摇扇，右手把酒。酒喝干，然后长啸，吼来人间太平。当硕鼠成为粮仓的主角，我们喝酒。庄稼会在四野迅速茁壮，大地是伟大的粮仓。"诗打开古典主义同时，也打开了现实主义通道。酒，可醉，亦可醒。更可微醺。酒是魔幻主义，群侪之中有曹操、阮籍、刘伶、李白、杜甫、苏东坡、辛弃疾，让诗人从古典回到理想，又从古典回到现实。酒是图腾。醒醉之间，让人读到了世界的面目。

八大山人的一生是彷徨的一生。由剃发、参禅、归宗到还俗，是一个复杂的心旅。"大禅一粒粟，可吸四海水"（八大《绳金塔远眺图》）借助禅和道，八大宽慰自己，在心中开拓着理想的空间，寻找精神家园。岁月暮矣，八大是一位以画讽喻现实的画家。倘若说八大在画中有意流露对现实不满的话，那决不会是他个人的事。那可能是人类所共有的困惑。他的画，多以"移情"来说的：鸟、鱼、石头、兰花。癫狂外表，类若愚痴。八大山人"饮酒不能尽二升，然喜饮""醉后墨渖淋漓，亦不甚爱惜"。也因此，戴卫画八大，眼睛似睁非睁，似闭非闭，瘦弱的脸庞和癫乱的头发，其态贫病，其行踽踽，与布衣无二。气息的静、含、内敛，面部表情是一种特立独行和孤洁自傲，万端"逸"态，

溢出纸外。画家着墨疏淡，或与八大常画的"独鸟孤鱼瘦石病树"有关。戴卫所画，状若八大所画。也因此，便有了诗的触发："放下的灰尘在宫殿里继续飘散，你在那边骄傲，我在山里逍遥。""你期待的东西在山里，那些阴险和欺骗，让它们待在山外。"诗同样是浓墨的晕染，画八大，写八大，是写人物内心，而非形态。哭之，笑之。墨旋诗意，精神的八大，就呈显出来了。

鬼神文化一直是民间长盛不衰的文化。如果有鬼，遇见了钟馗，那一定是馘棘的。《钟馗传略》记载："文武全修，豹头环眼，铁面虬髯，相貌奇异，经纶满腹，刚正不阿，不惧邪祟，待人正直，肝胆相照。"诸家所画钟馗，多浓髯蟠须、眦目怒颜、执剑除魔的钟馗。戴卫《钟馗骑驴图》却看不到此态。妙在眼睛，可透天地。这位头戴红冠、身披红氅，足蹬战将纵马靴、腰悬青锋七星剑的豪烈的杀鬼英雄，骑着毛驴悠哉游哉。正是"不温不火"的钟馗，如果凌利，则是剑光摧斫，阴气四散。钟馗民间性。画家所画，轻勾一个眼神，就勾勒出了锋锐怒态。形意无束，诗亦无束。《让鬼不能近身》这样写："鬼会赋人形，人之苦常缘于人。错觉如雾霭散去后，钟馗对貌人实鬼尤为警觉。他练就一双慧眼，不去识珠，只为辨鬼。"不在浅显形象表述，而以"一睛"即成，有"传神阿堵"之妙。

静中求动，静中造势，笔墨勃然生动，粗壮的竹子欣欣向荣。线条柔曼，意境沛然，衬托出了趣味高雅，意境丰富的画面。墨的

着色素朴。虽是长联，笔墨却是简净，因都是坐着的，天空显得低垂，染色氤氲中，隐现山的悠远。斯时，嵇康、阮籍、刘伶、山涛、王戎、向秀、阮咸，相与友善，常宴集于竹林之下，饮酒、抚琴、赋诗，以虚无玄远的"清淡"相标榜，时称"竹林七贤"。各人皆有个性。个性由坐姿体现。画家又在旁侧加了两个小书僮烧炉煮茶。这是画境，更是诗境。看来是时间很久了吧，月亮已挂中天。画面上的人物性情放达生活。不问国事，只关心酒和诗歌。那样的日子也正是我们所渴望的。虽然"时运不济，竖子成名"，虽然有人入天门山长啸，虽然有人死的时候镇静弹拨郁郁难平的《广陵散》。但是如果没有天下祸乱该多好！"当墨香被文字的内容污染，当独自的旅行遭遇山寇，当你全部的意义只是被使用，你有一片属于自己的竹林？如果你真的在竹林深处长睡不醒，你会把怎样的梦，留给竹林外面的世界？"（《就让竹林美妙如坟冢》）这魏晋的放浪不羁的七人有幸也，这魏晋的肆意生长的竹子有幸也，被后人记住了。

《山海经》里的两篇：其一是《女娲补天》。驾沧浪而升，火铸五色石，是一种精神征象。人物着墨不多，却诗意袅袅。《山海经》虽为神话，却闪映人性的光泽。"天就是天，地就是地，如果混沌，岂不永远暗无天日？而且天外的碎屑漏下，谁还能因为对上天的期望而忍耐地面上的一切？"女娲者，临悬崖，面沧海，身形为神凰俊鸟之状。生命激越，魂魄腾升。人与沧浪之水，又完

全是火焰的形状。"做一些像样的事吧，否则，一位母亲会掩面啜泣，那块石头会从她的怀里落下，人间会乾坤颠倒，再次暗无天日的时候，谁是第二个女娲？"其二是《夸父追日》笔墨奇纵、豪拓旷逸。奔跑的长腿、脚和肌骨，连云带风。整个画面全都被带动了起来。金乌（太阳）和蟾蜍（月亮）。一个身前，一个身后；一个在上，一个在下。天地就是这样被连接起来了。"总有人要从混沌中跑出来。""做追日的人，他的最后是倒在了光明之前。""夸父追日追出了我们人类最初的真相：你鼓舞了我，而我一直需要被鼓舞起来。"人物，日月，动静对比。笔墨在速写中完成对接：墨线拧紧了的肌肉是飞动的。枯墨扫出的头发是飞扬的。向前伸展向后甩动的手臂是飞跃的。向前跨出的腿和向后拉开的腿是飞旋的。看似随意，却有法度。运用墨线传递出的力度，轻重缓急，驱笔着墨，皆都果断。随意甩出的墨点，既是天地灵，亦是《山海经》神秘符号。斯时全成虚化的背景，只剩下一个奔跑的、活生生的巨人。诗句吟诵每一处律动的骨骼，诗句是披着太阳光芒抚摸每一处肌肤。为世界形成了"理想主义"人类图式——这种人类图式亦表现在外国文学作品里。如：海明威《老人与海》桑地亚哥风浪里追逐大马林鱼的情境。"他选择的是跑呀跑，人类的摇篮摇啊摇。跑出沙漠，跑出黑暗，跑出苦难，跑出人性的冷。"

画家观物，"于活处看"。诗人通过感视给意象添上诗意的翅膀，通过视觉引领诗意开拓无限的时空想象，通过"化境"达致浑化无迹境界。其内涵有以下几点：一是手法多样，可以让画里的一个人说话，如《自况》里王维、《草圣张旭》里的张旭、《东坡玩砚图》里东坡、《壁前心语》里的达摩、《彭祖》里的彭祖。亦可以"我"与"两人"对话，如《品茗图》的二高士、《和合二仙》的二仙、《惜别图》的二英雄、《猴戏庄重》的"元吉"与猴子。或为"多人"设定场域、多人"说话"，如《十八罗汉》设定的"乌有村"老人"围夜而坐"、《诗魂》11 位诗人出场，既创造了诗境，也创造了独特的"剧场效应"，让诗"有说话的地方"。二是整体，靠局部的只言片语，如《风雨雷电》和《九老图》。三是对画境的"移情"妙用。如《太湖奇石》《建昌古柏》《峨眉山之万佛崖》等等。树与石，证言的是人类应有的生命理想和灵魂品格。语境如庄子"万物之化"（《庄子·人间世》）文本中比比皆是。艺术之于文学语言，取类大小，博而能一，言近而旨远。也就是说，"小中见大"的散文诗文本，不仅仅局限在绘画的领域。小之外，有大空间；逼仄之内，天高海阔。画和诗，是物质的，亦是精神的，这与中国哲学的"无"与"空"有着直接的联系。画写客观，诗言主观。披图幽对，坐究四荒。无所不谈，无所不包。诗人撷拾历史图像，神思万物，以喻指修复生命理想。以"意外"的语言，将自己"深度在场"，从而让诗文本有着非凡的审美意蕴。这些，正是现实主义诗人须臾离不开的创作观。

诗坛过眼

假如诗歌是块七巧板
——读胡续冬《一个拣鲨鱼牙齿的男人》

王 云

2021年，诗人胡续冬猝然辞世，引起诗坛内外震恸。2023年9月，他的遗作《一个拣鲨鱼牙齿的男人》出版。据《后记》，眼前这本诗集，诗人在生时就已编撰完成，只是由于一些阴差阳错，当时未能完成出版。同时栖身于人才辈出的"70后"诗人和北大校园诗人两个群类，胡续冬其人其诗，姿态依然鲜明昭彰。在朦胧诗热潮银瓶乍破之后的90年代，胡续冬和他同时代的诗人走出了属于自己的道路。他们几乎是宿命式地用后现代的意识形态，完成了对世道流变和上一个诗歌抛物线高峰的扬弃。用一些评论家的话说就是："英雄变异为莽夫或痞子，构成了第三代诗的某种典型形态"。

本雅明曾说过："对辩证论者来说，重要的是乘世界历史之风而升起船帆。思考在他那里就是扬帆，重要的是如何扬帆。词语是他的帆，而要成为概念,则要看如何扬帆"。对于眼前这本集子和它的主人，我们能做的也只有思考他如何扬帆，扬起的是怎样的帆。或是如探骊得珠的那一探，试图抓住他如水银遍地一般散布作品在里的灵光，即使只能攫取住其中一星半点，亦是得珠玉在手。

一、叙事：现实的逻辑

诗产生的本质在于对生活的观察记录，因此其功能性之一必然体现在连接和反映现实世界。对诗歌现实性的要求，在我们的古典诗歌传统里早就存在，在新诗的百年历程里也从没断过实践。胡续冬的许多诗作呈现出高度叙事性，将生活场景诗性化叙事，这一特征几乎贯穿他整个创作生涯，到这一本集子中也不例外。胡续冬这样的诗人身上有叙事的主动性。

《七年》一篇完整体现了这种叙事倾向。这篇作品中，诗人不仅是叙事者，也是叙事发生的重要参与者，他以一种尤利西斯式的姿态高度参与进来，将整个西苑早市底层人民的生活状态浓缩在一段买菜的经历中。来自不同省份的小贩——卖菜的连云港小哥、长得像赵本山的、四川达州老哥、黄陂刘姐、河南南阳大婶、口红总是涂得十分低调的邯郸蘑菇姐、熟读陆文夫的连云港小哥的表姐夫、卖肉的安徽夫妇、南充鱼婶和她的哑巴儿子、操持着秘密店铺的吉林鸡姐，分别卖着不同的菜色、维持着各自生动的活法。诗人带着读者走完了菜市场全景，也串联起了小半个中国的地图，结尾处忽然转向，指向跟这个实体菜市并无关系的上海。但是诗的主旨——对友人的思念和这个因为待客所需而发生的场景是关联的，借此辞断而意连的笔法，诗便避开了一马平川的走向。

主动叙事创造的走向，在胡续冬的诗歌中形成一条线索，将看似松散跳脱的语言牢牢串联起来。在这本集子中，收录了大量有具体事件参与的诗歌，这种"具体事件"，不是作为零散的元素使用，而是撑起整篇作品的主线。胡续冬一段又一段地向读者描述生活中忽然遭遇的某个分镜头，一篇作品时常就是一个小短剧。

也因此，这部分呈现出高度叙事性的诗歌作品，通篇连贯性很强，很难从中截取一二警句，如要节选，起码是完整事件起承转合中的一部分。

诚如有些学者所言："用陈述性话语来代替抒情，用细节来代替意象"。胡续冬擅长与读者之间建立视域同构，像《里弄》：

内裤紧挨着腊肉、咸鱼
挂满了巷道两侧的梧桐树。
树下，菜刀男浑身是胆
在东北馆子的案板上剁碎了
四分之三个南宋。
热乎劲儿这就传开了，几条
缩在冬天的袖子里吃面的好汉，
竟被热气蒸得掏出了小灵通，
按下一行亲娘，发送成功。
右半条街有笑眯眯的屋檐，
鸭舌帽老头嚼着酱鸭舌
听他父亲从土墙缝里捎话：
台儿庄一战，死伤惨重。
可巧，小楼背后
是乳臭未干的高楼，脖子上
挂一条广告围嘴，上书SONY。哦，
SONY, SONY, 谁的嘴在嘟你JJ？

粉灯亮处，老房子总能
温暖老生意。但更多的老生意
须得在街头放肆，比如：
大喊三百声年糕，而后把扁担
挑进吾等闯入者缓慢的耳蜗里。

他在诗歌里搭起牢固建立在现实之上的叙事空间，如此诗歌在形式之下才有根基，胡续冬的诗歌语言因"插科打诨"的特色而声名在外，但诗的质量从未流于虚浮，与现实的强关联性正是背后重要的保证。

而在《小猫——给张扬》这样的篇目中，作者达成了另一种对现实的表达形式，一整段堆叠着奇异形容、穿插着古典拟人、附带着肉色语汇的描写，其实是他眼中所观察到一场热热闹闹的"猫戏蟑螂"：

……
在小猫万花筒一般变幻的眼中，
那时辰，那冲动，那小小的蟑螂
分明叠合成了另一个物种的形状：
她面色皎皎，她黑袜花裙，
她即便懒于梳洗，也自有一股
把汗水电解成汉水的体香，
令小猫泳思于其间，靡靡喵声
尽诵汉之广。这次第，千年游女
也要扮萝莉，但见她慌慌张张
弄胀了小猫的热望，她让它
猫心似箭，它让她乾坤荡漾。

叙事性不特明显，现实性的部分借由作者的笔法进行了诗化。胡续冬自己曾说过："诗歌既是个人对世界的隐秘，同时又是对这种认识本身的偏移"，"而当一种综合性的诗艺最终形成，另一种世界和我们全部的生活必定在诗歌中相互虚构"。虚构即是实现诗化的途径之一。

二、语言：江湖的气脉

胡续冬身上具有两面性。这位标准的高级知识分子，乐于在诗中展示的却是小人物的一面。相较于早他一代的诗人，胡续冬的诗中见不到气贯长虹式的宏大，他避开了前一代朦胧诗人模拟天问的诗歌路线，以一种小人物的江湖气，写一些"精蹦蹦"的诗歌，把一些流氓口吻、粗俗的、肉体的、动物性的语汇拉杂到诗歌中，拼各种有意思的图给读者看。他着意用一种混不吝的口气塑造自己的诗歌语境。像《那些夏天，宁静的地名》：

载满瓜子壳、臭脚和黄果树焦油但居然
　也有空调的
火车
从凯里附近的一个小站飞驰而过，
青山绿水之间闪过一个站牌牌－六
　个鸡。
此后脑壳如同遭鸡哈过，不，不是如同，
就是遭六个不晓得长成哪样的天鸡一脚

接一脚
哈得稀烂。一大坨格外的地名像是
　　草草埋在地底下的金银细软,遭鸡脚哈
　　了出来
闪着大好河山旮旯里的私家汗水之光。
这些地名,这些汗水里头的有义气或者
　　没得骨气的
咸味
都是夏天的。好多个不走白不走的夏
　　天哦!
我曾怀揣着这些细碎的地名星夜兼程
为了攥一团江河湖海通吃的祥云,
也曾把这些地名用锦囊包好,交与
一两段粉艳故事,暗香浮出地图上翻滚
　　的年轻的肉。

鱼儿沟、战河、猪肚寨、浪卡子、眨眼
　　草坝……
再加上前两天才走安逸的一个:朗德,
那个地方不仅有开发得寡老实的苗寨,
　　更有
路边大幅标语让游兴里的良心打抖抖:
"读不完初中,不能去打工!"
好了。六个鸡已经遭不长记性的火车甩
　　远了。
我决定像个逃难的坏人
把这些碎银子、小珠花一样的地名再埋
　　起来,
怕时光追杀过来讨债。那些夏天,宁静
　　的地名

最好一直像这样藏在脑壳里,生人勿近,
　　子女不传。

　　胡续冬诗歌中的江湖气,体现在他的语言,也体现在他对底层生活的深度关切。中国的知识分子,自古以来就有两类,一类埋头空想,还有一类高度焦虑社会现实。胡续冬常带着充满街头智慧的江湖气登场,但他的诗歌背后又始终不乏深重的人性观照,知识分子胡续冬以一种智性的狡黠在背后支撑着这些诗歌。如《秘密》一篇:

收破烂的老王
儿子也是个收破烂的
他长着一张工科大学生的脸
手上却拎着他爸用过的老实巴交的秤杆
　　和麻袋
他从我的廉价生活里和五斤各地出产的
诗他熟练地算好了价钱递给我几枚温暖的一
　　元硬币:大哥,对不住废品的价格还是涨不
上去我从他河南的眼里看到了
称走了三斤娱乐、四斤时事
整个秘密

　　胡续冬在诗中真诚地向小人物表达着自己的关切,他是愿意将目光投向并理解小人物的,而无数个小人物的生活拼凑起来,可能才会构成中国人生活的实相。如果终身不出象牙塔,即使一辈子皱着眉头思考,得出的也都只能是空想。钱文亮在《胡续冬及其"偏移"诗学与另类叙事》中说胡续冬:"未陷入非诗化或唯丑化的后现代'文化灾变',正是缘于他'爱具体之人,向他者开放'的精神质地。"偶尔地,当知识分子胡续冬的一面跳出来占据了过大存在感的时候,他会为这种存在感对他触碰底层现实的妨碍而发出内省与自我批判。

像《为一个河南民工而作的忏悔书》:

……
他站在那里,喉咙里像是有一根被寒潮
骤然冻结的水龙头,用残余的水滴声
向我倾诉,抱怨找胡续冬这个人
比他这些年来的写作环境还要艰苦:
……
在这之后的
许多天里,他捏着一卷诗稿的矮小身影
一直在我脑中漂浮:冬天的校园寒风
　　刺骨
他走在复杂的楼群之间像走进一片
从我的书桌漫延开去的绝望的迷雾——
一个河南民工的身影像pH试纸一样
显现出我酸性的狡诈和冷酷,使我
在写下这一切之后仍然感到
对朴实的人民犯下了不可饶恕的错误。

胡续冬的诗之所以貌俗而内里精彩,他之所以能在一个高级知识分子和执着的诗歌写作者这双重身份的笼罩下,都没有陷入清高拒人或浮于半空的轻忽境地,是因为身上始终有种小人物的江湖气,为他做了很好的消解和平衡,使得他的人和诗都真诚拥抱现实。

三、节奏:间离的效果

所谓"破字当头,立在其中"。读胡续冬的诗,一直让我想起古老的七巧板游戏,看似漫不经心,如果主导游戏的人智性不缺席,便能化零散模块为一个又一个无限近似于灵巧的图案。他在诗中不断布局一些横切斜走的笔法,成功起到了间离效果。使得诗歌节奏起伏,可读性极强。《一个雷劈下来》,各种天马行空的比喻和意象堆放到一起,凌乱无奈戏谑浮出纸面:

一个雷劈下来,牛就不吃草了
成群的牛钻进了电缆里吃肥沃的电
你就上不了网了,你就只能
在忧伤的夜里吃电牛肉、喝电牛奶了

一个雷劈下来,汽车就开始
生孩子了,一辆母汽车生下了一窝小
　　汽车
在马路上乱跑,但公汽车还趴在它身上
咻咻地搞:滴滴,我亲爱的菲亚特,滴滴,
……

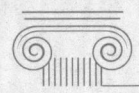

一个雷劈下来，巴西就不是巴西了
巴西就把巴西卖给雷了。一连串的雷
劈下来了，一连串的巴西都被劈开了
你在一连串的巴西里面不见了。

胡续冬擅长在很短的篇幅里营造一个紧凑的小剧场片段，带着读者一起进入一段剧情，但是又惯常用横插一笔的手法、灵光一闪的设置，亲手推读者出他亲自营造的这个氛围。像《一个离开玛纳索塔岛的男人》：

一个离开玛纳索塔岛的男人
被闹钟里海浪的胳膊推醒
他提着一大皮箱的海水、波光、柔软的
　海平线，走出了他的
凌晨四点的小木屋。他抬头，
看见壮士一般的星星们
……
几个小时之后，在华盛顿的
杜勒斯国际机场，他坐在一架
即将起飞的波音777客机上，
他周围是半个客舱说河南话的
县城考察干部团，他们掏出
方便面和火腿肠，把袜子
晾在座椅靠背上，大声地炫耀
自己在拉斯维加斯赢了多少场。

接在阳光海浪星星鲸鱼之后的，是忽然登场的方便面火腿肠袜子和豪赌。布莱希特说推倒第四堵墙，胡续冬是亲自把读者堵进他砌起来的诗歌小堡垒里，再呼啦啦动手打破一堵墙，拉人出戏。

他的知识结构里传统和古典的一面也不时在诗歌中现身。这使他的作品在戏谑式、江湖气的语言中，不时会跳出一些由作者自身的涵养所决定的古典知识分子气质，古典元素在诗中明明暗暗现身，形成一种古典的抒情效果，不隐蔽，却很容易被跳过去，因为插科打诨的语言主体特色过于明显。《沙尘暴》的结尾，显然是"努力加餐饭"的现代变体：

……
我正要把窗户关死，却发现
一粒胖胖的沙尘已然脱队，钻进了
我的房间。它脱下了阿飘的行头
现出了低调的元身：原来是
几千里之外我家厨房抽油烟机上的
一小滴油烟。"夫人特意派我混过来，
叮嘱你少做怪梦，多吃青菜。"

诗作为一种表达形态，被用来具像事物，并附着能传达给读者的情感成分，不能脱离诗人的自我体验而存在，个体经验是附着情感的必经之路。将思乡思人的幽念具化为千里之外家乡的特产"沙尘"，"沙尘"和"阿飘"共享的，是飘忽的形态，真身却是家中一滴沉沉的油烟，来为妻子传一句微带戏谑、又充满了中式古典意味的叮嘱。又像《蛐蛐》，这首诗和《沙尘暴》一样，都创作于作者身在异域之时，这部分诗在该集中还有相当多收录，或思念家乡的饭菜、或忽然将"巴西"联系到"巴蜀以西"。他不说"蟋蟀"，便多了几分随意，少了一些郑重，但分明还是《豳风·七月》里、长城烽台下、古道荒草边那只充满了古典忧愁的鸣虫，淡淡地抒发着怀乡的情绪：

……
竟升起了一片悦耳的虫鸣，
仔细辨认，像是有数不清的蛐蛐
藏在 Skype 里齐声 happy。显然，
我们在北京的家中没有草丛，
我在北美的房间里也找不到任何
这种直翅目小玩意的痕迹。但
同是初秋，当我们打开窗户，
窗外都有卑微而优雅的蛐蛐，
一声一声地奋力把天空叫出秋意。
看来它们之中分别有一部分
已经混进了电脑里，附着在
我们的噪音中，探听另一片大陆上
秋天的秘密。像是同时体谅到
这些小家伙们的不易，我们
保持着沉默，听蛐蛐们互致爱意。

胡续冬诗中呈现的一些特色，有诗人借力打力的成分，但根源也在于诗人的写作顺从了自己的性格特质。这种兴之所至从心所欲而不逾矩的效果，必当由一个聪明热闹的人完成，所以他才能信马由缰在诗歌里塞进各种千奇百怪的排列组合，手握三界内外元素俱为己所用，最后拿出手的是一种泼皮而不招人厌的诗歌氛围。不避愤怒、不缺忧虑，无论喜乐，都兴致勃勃地面对，——书写。

山城重庆（组诗）

赵贵美

给未知的一个弥补

从来没有去过重庆
却早就知道 那是座山城
想象中 那里有岩石的粗犷豪放
山峰挺拔而刚硬

走出地铁的那刻
身边车水马龙
载着所有的现代气息扑面而来
第一眼的重庆 没有山
抬脚走进眼前的摩天大楼

梦幻在大厅窗前猛然抖开
脚下的嘉陵江
化身成飘落的细丝带
飘渺 轻灵
汽车是一个个移动的火柴盒

原来 即便是你用尽所有的想象
有时只有脚踏实地向前一步
才会读懂 苏轼的诗
只缘身在此山中
那是山城
给未知的一个弥补

攀登是一生的事业

站在重庆的马路
我奋力向上攀登

在楼宇间回旋
一栋栋高楼如同登天梯
把我托举得很高
放眼看去
却仍然发现
眼前的悬崖
还是笔杆般刺向云烟
仿佛， 自己一直在崖底徘徊

这是重庆告诉我的
在城市里
远眺才能感知
攀登是一生的事业

穿楼而过

人们都说到重庆
一定要到
那里的轻轨 自由奔放

七灶村（组诗）

刘艳丽

煮海熬波

靠海吃海的年月
家家以灶烧火营生
看惯的盐田是碎银子
官家的钱是票号
七灶村民的钱
藏在盐巴里
有一条路
是汗水呵成
寸心都是背着星驼着月
一袋烟的歇息
唠上了糊口
潮湿季节的灶头
当成老婆孩子暖热的被窝
最幸福的话题
记住过眼的春韵
彩描了生活
熬海煮波
谱写了继而的童谣
望远大海的胸怀
几亿年的遗爱成河
依然保留着
—— 煮海熬波的记忆

穿楼而过

我相信 既然存在
一定有它能够扛起的风景
等待 是收获前托起的一粒菩提果

轻轨从山洞里出来
像一支世俗故事包装的铁箭
夹着一路风尘 射进楼房

车轮被仰望眼睛扑捉
手机咔嚓 咔嚓 忠诚地
记录着一轮轮的赞叹

在赞叹中离开李子坝
回宾馆前
熟悉车轮声让耳朵惊醒
眼前 那列轻轨从另外的山洞里窜出
独自寂寞地奔进身边的楼里

因为不是打卡点
同样的风景
有的挂满繁华与收获
有的显得寂寞和清冷

七灶村的建设者

来吧
设计者的智慧
给田园彩绘了盛装
村头已变得行人匆忙
温馨的家园
点燃了熙熙攘攘
广场 —— 街角 —— 民宿
留你一把能进屋的钥匙
绽放了夜晚灯火星光
建设者来啦
带着梦想品尝秋黄
走过劳作生活的地方
印记再次重逢在青荷池塘
歌手之音萦绕屋梁
诵一首诗
追忆祖先抗击倭寇的绝唱
妈母还在哺育牙牙乳语
走出蹒跚学步的嬉童
温暖了
种下未来的整个村庄
七灶村叫醒了黎明
拥有着北斗星同一份爱
是建设者来了么
清澈碧波的小河欢快地相迎
接通了灶连灶打卡地的非凡

五金锻烧铺

热血的岁月
留下了七灶村
描述了这里的生活方式
依赖的盐波海浪
为子孙传承
烟火兴系
任由它千年的等待
村落的变迁遗落
聚成思绪长长的小河
从门前经过
无言的老皂角树
鉴证着曾经
红彤彤的炉火边
象征那样的力量源泉
延续着至今的希望
五金锻烧铺子做好了
一本自己的笔记

小 路（外二首）

关 胜

土地旁的小路，柏油将它
掩饰得很干净

我走在路上，像走在一只舒张的手臂上
对面是一片粉色花海
莹莹的光点，簇拥着卖菜给游客的
老人

树木一直沉默
不远处，两座展览的梦龙纪念馆
似乎在等待什么

虚拟词

她忧郁地打量世界
我们在一条水平线上，走各自的路
一株树，可以有无数个枝干
也允许生活分裂出多重模样

就像爱这样虚拟词
像雾又像风，存在，也会消失

路 灯

张耀走在芳草路时
路灯制造出一个模糊的冬夜。
梧桐落完了叶子
萧条的影子落寞地站在街边
我打赌，鸟是另一个世界的放哨员。比如
墙趁着人类不注意悄悄脱落了一大块皮
一排松树在围栏深处　彼此沉默
路灯也照不到它们，无从知晓松树的心事
或许它们像我一样，写过许多信给远行的
　父亲

夜深了，冬也深了。流浪橘猫回到临时的巢
暂坐一会儿后，头也不回　跳进一片丛林
我说，那一刻它可真像老虎啊
而我只是好奇，路旁有些裂痕的车镜
我眯着眼还在寻找最接近我的倒影时
路灯却暗了，仿佛知道我的心思

日 子（外二首）

张 耀

白头翁遇人惊飞
入荷塘深处互逐啼鸣
天边乌云翻滚，却
仍紧攥荷叶茎秆
把日子摇荡成秋千模样

远处黑白苦色桥上
被狂风侵袭，而身不由己的灯笼
像苏式红汤面
像姑娘细心发髻，将岁月
过得纹丝不乱

告 归

失落的烟袅袅，向着
正在封顶的高楼飞去
收回的视线，引燃
不了堆垛荣誉
更别说迎面的笑容
一星半点光彩，刚好
用来辉映头上警徽
照亮深蓝的来路
碎纸机鬓发霜雪
吹散了多少个竟夜忙碌
此刻，那支骁勇的笔
卸下了电闪雷鸣
岁月缱绻，背后的门
始终朝阳开着

初 冬

即便还有一丝阳光歆享
也只能像潮湿的火种
很难点燃逐渐泛黄的微笑
在提前到来的黑夜面前
把最后一个音符献给
摇晃的清酒，有点忧伤
只因初冬不期而至

她从明天走来
（外二首）

凌耀芳

是时间，让她
走进那个黑暗的匣子，
又被无情时间遗忘。

她是
久已忘却的记忆里
一件宝藏。

她是
一亿年前奔涌的
滚烫的岩浆
凝结而成的
地球母亲淡棕色的乳房。

过往的
从未被期待过
被忽视的生命
将迎来明天。

现在
她依然被遗忘
被无尽的黑暗遗忘。

葱姜阿婆

土路边，一个葱姜摊，
一个卖葱姜的阿婆，捶胸顿足：
"怎么会这样？
还剩一大堆，怎样才卖得光？"

一个缠头巾的旅人
朝阿婆和一堆葱姜
俯下身：
不管怎样，你都能好。
我是一个行者，
我带来了光。
"你啥？我耳背。我
开着制氧机，我听不见。"
我有光！行者加大了嗓门。
阿婆，你是否看到了亮？
"我的眼睛里有盐，
我很方。"
（注：盐粒方形。网络用语"我很方＝我很慌"，某地方言。）

阿婆，你为何往地下躺？
"我只管躺平。卖与不卖
让葱姜自己找到自己的归宿。"
我是行者，我带着光，
把有棱有角的盐粒
化作圆满。

旅人远去，暮色将尽。

阿婆欠起身
给葱姜淋上甲醛水
期待着
一个盈利的明天。

夜行人

今天，我没有跟
家门外任何人说过话。
没有。

我戴上N95，
出门放干垃圾、湿垃圾，

约师傅来给汽车换上驱动电瓶。
收快递：丝瓜和矿泉水、电蚊拍
迎接五月的蚊子。
撒一把高粱米，
在香樟树根，
引来众鸟喧哗。
邻居隔着窗玻璃看我，
不出门搭讪，

明天，我不想开门！
可又不成：我还要
收一台欧姆龙制氧机，
新买的杂牌机器转不动了，没人管，
只得再买一台。
机器送到时，也许我还没吃早饭，
这个无妨，
啃一角桃酥，也要出门接货。
切开纸板箱，铺上泥泞的落叶，
香樟换叶，落尽人间繁华。

推动机器，
走轮转进家门。

我伫立时光的月台，
恭候进站的一本书：
卡尔维诺的《寒冬夜行人》

思 念（外三首）

草果儿

路灯在风中摇曳着光
夜色将树的影子拉成畸形
只有思念那么饱满

缘 分

一条神奇的藤蔓
世间所有甜蜜的情思
都结在其中

记 忆

有些记忆是模糊的
只有你，在我梦的远方
那么的清晰

无 题

这个秋天，我不要繁花硕果
在我轻轻转身的瞬间
最先映入眼帘的是你，就足够了

人间四月天
（外一首）

唐丽红

说好了，每年的人间四月天
说好了，在初见的拐角处
说好了，我不来你不开的
说好了，不见不散的
可这次，我要失约了
你，可曾收到我的消息

没有，等到你的回信。于是，
我，还是决定来见见你
走在，漫山遍野的花海里
有的傲娇、有的优雅、有的怒放
唯独，没有暗香袭身的你
你，究竟在哪里

蓦然回首。羞答答的你，伫立着
半开半合，在风中独自摇曳
芬芳圣洁，不染一丝尘埃
我们默默对视，欲说无休
终究。还是舍弃不下你
决定，带你一起走

把你，安放在晶莹的玻璃瓶里
置于，有暖阳的书房一隅
听，花开花落的声音，笑响点亮了四面风
然后，在心里
开出，一朵永不凋零的花来

春　泥

日子不会重复，但总是押韵
岁月的河流呀，滑过指尖
在眼眸间，徐徐打开
回看，那个始终年轻的你
闻着潮汐，来到这里

也许，你曾流过的汗和水
在春去秋来里，渐行渐远
而，拈花惹草的日常
已漫过时空，浸润在泥土
托举起，每一花骨朵

你说。花有色彩，有姿态
因雨而滋润，因犁而肥沃
因静而悠远，因陪伴而美丽
而你，愿意去等。等花期
等，绽放时

何时雨来，又何时雪
今天。一路繁花
一朵朵，一树树的花儿
排着队形登场，与你依依道别
满地潮湿

风吹起，树梢沙沙作响
那些一路芳华的故事
如花瓣雨，撒落在泥土里
滋养着
下一个花季……

海的晨曦（外二首）

祁冻一

呼吸初升的晨曦
像第一次感知海的战栗
苍色隐隐，含而不露的夜
视线外的刻度间
有一些星辰的碎片
海仍然静默，像要接纳万物醒来
当世间所有的色彩汇入内心
来往的船只，总带来遥远的蓝
让我相信，被召唤的眼眸
常常搁浅着，远处的回声

山中小径

山道幽深。在这条布满青苔的小径
我窥见了珍珠滚落
探身的枝叶，退到边缘
清泉流过的山涧，飘起薄雾
而我只是俗世而来的漫游者

或许它们并不关心
一枚足印，能容纳几世草木
半截枝条，颤动过几千年月色
在安静的树荫下
任凭光影一寸一寸斑驳

至于风来自何方，路
去往哪里，仿佛空山鸟鸣
从桃花源的门里传来，在尘世外
忽远忽近

我决意不做仙人
携一株无名花草，闻香而返

在白夜酒吧

在白夜酒吧喝茶
一杯绿，一杯红
颜色只是生活的想象
灵魂沉在杯底，展开

黑白灰的幽静
旁白了巷子的窄
和文字的宽
而白夜的深，像在等候某位诗人

酒因此沉默，须臾停留的
是白赐予的夜的热烈
举杯，放下，进来或离去
那些清亮的玻璃制品
每个，都被墙上的某行诗擦拭过

轮椅上的歌

顾 健

梦 香

有多少个夜晚
我沉浸在美好的梦中
我能和邻居一起打羽毛球
一起打乒乓
可是一觉醒来
我仍和往常一样
还是一个不能动弹行走的我
但正因为每天都有美好的想往
每晚才有天真遐想康复的梦香

伴 侣

两腿残疾
生活中就离不开轮椅
它和我影形相随
伴我去医院去商场去晒太阳
它是我相依为命的忠实伴侣
它成了我的双腿
别看它一直在滚动
可扶助我的立场是那样的坚定
所以我对未来充满着信心
只要精神不倒
我一定能站起来
走进人生风雨的远方
让我真诚的对它说一声
"感谢轮椅呵,再见!"

诗海钩沉

珍稀的《水磨集》

韦 泱

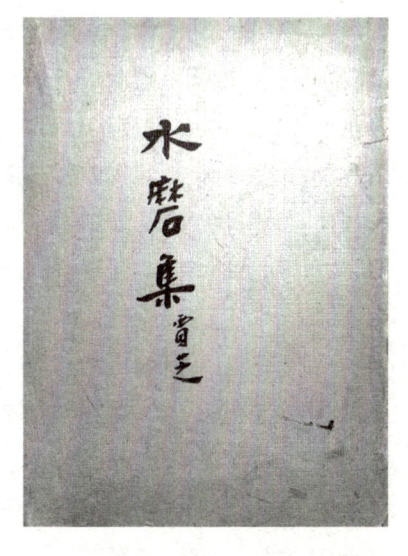

贾 芝
《水磨集》书影

贾芝生于一九一三年，去年在他一百一十周年诞辰之际，我正好翻阅到他早期出版的诗集《水磨集》，作为我国著名民间文艺家，他却以诗步入文坛，可谓鲜为人知。

贾芝出生在山西襄汾县，原名贾植芝。一九三一年"九·一八"事变后，从山西考入北平中法大学孔德学院附中。从中学到大学，他结识了几个爱好诗歌的同学，一个是来自四川住同一寝室、比他大一岁的覃子豪，崇拜英国诗人拜伦，后来留学日本时，贾芝专门为他写了一首送别诗《四月》，诗中写道："送君到樱花国里 \ 当这四月的天气 \ 迟走的春风 \ 也在那花下作被"。覃子豪归国后投入抗战，任《前线日报》"诗时代"副刊主编。一九四七年到台湾，任职台湾省粮食局。并与志趣相同的余光中等人创办蓝星诗社，是台湾诗坛重要诗人，一九六三年因病在台北去世。另两人是哲学系的同学朱锡侯和周麟，朱有点学者风度，熟悉英法名诗。周很有组织才能，在"一二·九"学生运动中，被大家推举为请愿代表，课余他还能拉小提琴、跳踢踏舞。还有一位是高一级同学沈毅，特别喜欢法国诗人波特莱尔，已在冯至、杨晦主编的孔德学院院刊《沉钟》上发表诗文。因为爱诗，五个同学聚到了一起，朗读拜伦的《哀希腊》，歌德《浮士德》片段等。一天，他们在沈毅的屋子里讨论，决定成立一个诗社，取名"泉社"，让诗歌像泉水一样，永远在心头流淌。他们商定每周礼拜六晚上活动一次，见面时每人交诗歌习作两首，互相提修改意见，共同提高。除了谈诗，他们也议论时局，谈各人的未来，尤其在抗日烽火下，民族危机深重，不无忧心忡忡，各抒己见，或争论得面红耳赤。这样的聚会持续了两年，继朱锡侯、周麟负笈法国，覃子豪去了日本，泉社只得散伙。最后一次见面，大家依依不舍，每人自选两首诗共十首，油印了一册《剪影集》，作为五人的友情纪念。分手这一年，在朱、周帮助设计下，贾芝以"泉社"名义，出版了个人诗集《水磨集》。

此书为三十二开本繁体竖排毛边本，厚实的手工纸印制，封面在灰底色上，以书法体题写褚色书名及作者。贾芝在《印诗后记》中写道："最惹我起感想的，是在编目次的时候。诗只二十二首，便划了一道生命的踪迹弧线，不禁大有所感了：这真是三年的面影了！不过我的选法，凡是能够代表过去一段心情的，这里都一起收入。有朋友同我谈起，这三年间的生命影子上，染着一段悲痛的色彩，正可不必揭开来。然而我不曾这样想过，在自己把这段星星点点的生命缩影，当作日后领到回忆的国土里去的一条路，想没有什么不可。"这可让读者知道，这些诗多么真实地"描述青春时代的生活、爱情和寂静校园中的苦闷与哀愁"。书后版权页上印着："泉社丛书之一，发行者泉社，北平东华门大街九七号，一九三五年十二月初版五〇〇册。每册实价五角五分"。可见，这是一种自印诗集，区区五百册，时隔近九十年，要想见诸也非易事了。我手头的这册，不知何时从旧书店淘得，品相还保存得十分完好，就倍感珍贵了。

当年，喜欢外国诗歌的年轻人，写诗水准不会太低，郭沫若、徐志摩、艾青等，日后都成为中国一流诗人。贾芝的《水磨集》，明显受到欧美诗风的影响，看《雨天游湖》结尾："那边，沿湖的灯壁，已没有灯影的闪烁\只有那寂寂的回廊，寂寂的雾一般的烟里\迷胧的桃李，好像它们也在想起一番古事\听它们，听一片茫茫的打在白石上的雨滴"。意境，想象，韵律，啥都不缺。其他如《西郊漫步》《一个沉默》等，即使今天看来，都可进入优秀诗歌之列。

《水磨集》问世后，贾芝转到法商学院经济系，也是法语为主的学校，特别崇拜法国象征派作品，常去文学系蹭课，听喜欢的法国教授讲波特莱尔《恶之花》，也读梁宗岱先生译的韩波、凡乐希作品。还参加北京大学朱光潜任导师的诗社。一九三七年"七七"事变这天夜里，贾芝乘晚上十点最后一趟京汉列车离开北平，回家过完暑假后，按中法大学的通知，第二年赴法国里昂大学读书。没想到抗战的爆发，彻底改变了贾芝的人生轨迹。他无法去法国了，转而到西安，成为西北联合大学借读生。由西安八路军办事处介绍，于一九三八年夏天，与几位同学一起秘密到达延安。第三天，延安抗大开了一个欢迎会，毛泽东主席到会讲话，成为贾芝参加革命后的第一堂课。晚年他在回忆中说："一个重大变化，就是改变了我以前崇拜西方象征派的崇洋思想，自觉小资产阶级思想与革命要求是不适应的。"之后，他的诗风就发生了很大的变化，从那些诗题便可看出，如《伙夫老王》《八路军将军的马》《五一节群众大会》。总体看，这些诗较为浅白明朗，思想性强了，艺术性减弱了。那时，全国及海外归来的进步青年到了革命根据地延安，文学观都有了很大转变，转到了为工农兵服务上来，如何其芳、陈学昭等。后来，有文学理论家把这一情况归纳为"何其芳现象"。贾芝说："在漫长的岁月里，我也不曾放弃写诗，写诗已成为把自己与世界联系起来的一条纽带。"是的，他从浪漫回到了现实世界。

在鲁艺初期，贾芝的诗还讲究艺术，只是把民歌的风格融入在诗歌里。他的《播谷鸟》《月光》，先后发表在上海戴望舒主编的《新诗》刊物。《水手和黄昏》在上海朱光潜主编的《文学杂志》刊出。沙汀同志看过他的诗，留下极好印象，便拿去交周扬同志看，刊发在周扬主编的《文艺战线》上。何其芳在鲁艺主编的《草叶》，也发表过贾芝的诗。他后来又写了《小播谷》，得到艾青的赞扬，称他是"播谷鸟诗人"。一九四二年写的叙事诗《牺牲》，刊发在艾青主编的《诗刊》上。约在一九四五年抗战胜利前夕，何其芳同志将随周恩来飞往重庆，贾芝把《水磨集》后写的诗编成一个集子，请何其芳带到大后方出版，何将诗集交给桂林朋友，一直没有下落。也许是诗稿半途丢失了，也许是来自解放区的诗带有几分危险，没有哪个出版社敢接手出版这种诗集。贾芝第二部诗集就这样夭折了。一直到一九九六年七月，他才有机会把全部能找到的诗歌，由大众文艺出版社出版了《贾芝诗选》。

图书在版编目（CIP）数据

速写生命之图 / 赵丽宏主编. -- 上海 ：上海文艺出版社，2024. -- ISBN 978-7-5321-9060-7

Ⅰ．I227

中国国家版本馆 CIP 数据核字第 2024QN5070 号

责任编辑：徐如麒　毛静彦
美术编辑：雨　辰　沈诗芸
封面设计：赵小凡

速写生命之图
赵丽宏　主编
上海世纪出版集团
上海文艺出版社 出版
201101 上海市闵行区号景路 159 弄 A 座 2 楼
上海文艺出版社发行中心发行
201101 上海市闵行区号景路 159 弄 A 座 2 楼 206 室 www.ewen.co
上海昌鑫龙印务有限公司印刷
开本 787×1092 1/16 印张 7 插页 2 字数 123,000
2024 年 6 月第 1 版 2024 年 6 月第 1 次印刷
ISBN978-7-5321-9060-7/I.7130　　定价：12.00 元

告读者　如发现本书有质量问题请与印刷厂质量科联系
T：021-52830308